Sophia
作品集
06

by Sophia

Sophia

作品集06

Stay with Love

陪在你身邊

愛情應該是什麼模樣？

我不知道。

花了那麼長的時間我依然找不到答案，於是我書寫各式各樣的人物與愛情，並不是為了訴說些什麼，而是為了理解一些什麼。

有一天你告訴我，愛情不需要有具體的模樣，只要在那個位置就好。

只要在那裡就好。

而我開始貪婪的冀望，那裡頭、也有我。

01

我覺得自己好像變態。

雖然這麼說，內心的小角落也拚命在掙扎，但過於白皙的食指卻違背我所有意念執意的撥開粉黃色的窗簾，讓日光透過狹窄的縫隙，也讓我的視線穿越那扇仔細拭淨的玻璃窗。

趴在地上以相當微妙的姿勢我窺探著對面住戶，老實說我可以大剌剌的扯開窗簾、端杯早茶恬淡愜意的欣賞窗外的「風景」；然而人的姿態並非取決於環境，而是決定自心境。

窺探這種事，也是講究氣氛的。

不對，我在說什麼？

甩了甩頭，不是這樣的，我才不是為了一己之私而採取這種搬不上檯面的舉動，這一切都是為了生計，沒錯這是取材的一環，像記者一樣不能打草驚蛇，也像實驗者一樣不能破壞實驗對象自然狀態，說到底我可是用心良苦吶。

「啊——」

觀察對象突然躍進我的視野，也打亂了我的小宇宙，這、這、這……我嚥了一口口水試圖滋潤我乾澀的喉嚨，明明一早起床就灌了一大杯水卻還是覺得渴；我的指尖微微顫動，在「這樣就好」與「多拉開一點好了」兩者間劇烈來回擺盪。

最後我的左手制止了我的右手，將兩手在胸前收緊，並不是我的道德感戰勝了現實，而是現實幾乎擊潰我的意志。

一早就來這些未免太刺激了一點吧？

他平常不過在跑步機上揮汗跑完步後率性的脫去上衣就能促進我的血液循環，而我個人也相當滿足如此小小的早晨風光，我真的不奢求，真的，但今天居然、居然、居然——

我不自覺傾身向前，一時忘了用以維持平衡的兩隻手正在胸前相互拮抗，我軟弱的肌肉支撐不住我的重量，忽然整個身子往前撲去，額頭用力撞擊上冷靜的玻璃窗，幸好我沒把窗簾完全拉開，儘管只是薄薄的布料，但多少挽救了我的腦袋。

揉了揉吃痛的額頭，花了一些時間才讓自己離開地板，下次在這個區域鋪上厚地毯好了，一邊想著我一邊讓自己「歸位」；然而這麼一折騰，窗外的美好風景早已消卻，不死心的來回巡視卻依然未果，轉頭確認時間，七點四十八分，他今天的節奏果然被打亂了。

「但這樣好像睡不著了……」

站起身我用力伸了懶腰，我的筋骨還真不是普通僵硬，扯開窗簾順便推開窗，微冷的風撲打上我的肌膚，讓我的腦袋頓時清醒。

「先吃早餐吧。」

倒了杯鮮奶又抓了兩片吐司權當早餐，基本上我的作息跟觀察對象差不多規律，所以我的生活裡幾乎不太有「早餐」登場的畫面，但既然他提供了「升級版」的服務，破壞一下我的步調也稱得上划算。

事實上我根本不認識他，但我的生活作息確實是遇上他之後才得以固定。

簡單來說，自從我一年前夏天的某個早上，因為前個晚上忘記拉上窗簾而被灼烈的陽光喚醒，儘管我拚命掙扎打滾還是無法抵擋，只好悻悻然的起身將窗簾拉上。

沒錯，就是這天改變了我的人生。

窗簾才拉到一半我矇矓的視線就被吸引到窗外的畫面，男體，雖然不想說得那麼直接但的確就是這樣，而且還是符合我理想的那種「有結實的線條卻不會有散發肌肉感」的身體，有一瞬間我還以為是夢境的尾巴黏附在半夢將醒的意識上，但揉了三次眼睛我終於肯定了現實。

接著我還體悟到，姊姊扯著我的耳朵叫我起床時老是碎唸的那句「沒有人是爬不起來的，妳只是在耍賴」好像有點道理。

第二天、第三天以及往後的每一天，非得睡到十點才會滾下床的我居然在早上七點準時起床，接著像小變態一樣蹲坐在窗簾的縫隙後頭，等待著他踏進我的視野。

「一見鍾情嗎？」

「說不定。」

韓凜曾經這樣問過我，當時我只給了模糊曖昧的回答，我是源源本本把整個過程告訴她，雖然扣除了「我連續幾天都只盯著他的身體看，直到第六天才想起來應該要確認一下主人長相，但又害怕他的臉讓我的美夢破滅，於是掙扎到第十一天才把視線移往他的臉上」。

男人的帥氣臉龐讓我鬆了一口氣。

儘管明白這是種過分的感想，但第一時間我的感想確實如此，小確幸，這個不合時宜的詞彙跳了進來，像是逼迫著作者非得要把這三個字塞進文章裡頭一樣，於是就會產生突兀的片段，我當時的心情就是這麼突兀的安心。

畢竟是風景。

既沒有進一步的打算，更沒有其他冀望，他大概會被歸類於「生活中的偶像」，如同高中時代的籃球隊隊長、大學時期的學生會會長，或者像皮膚好得太過頭的總編，雖然離得近，那距離依然是絕對的。

「但剛剛應該不是我的錯覺吧？」

塞進最後一口吐司，我小心翼翼的將方才的畫面拿出來回味，不對、是回想：他如同往常跑完步，接著脫去被汗沾濕的上衣，拿起一旁準備好的毛巾走進浴室，沖完澡後帶著清爽的肉體走出來……到這裡都沒錯，但接著他穿整衣服，拿起提包後又折返回房間，朝地板彎下身子不知道在做些什麼，接著兩條手爬上他的脖子，他用著無奈卻寵溺的笑容伸手一撈，把軟趴趴像麻糬掛在他身上的生物搬上床……

搬上床。

另外一個光著上身的人。

怎麼辦我心跳又突然加快了。

他是成年人了，房裡出現另一個人也是合理的，但是，我深深吐了口氣，無視胸口那股近似興奮的騷動，對方，目測是個男孩。

是男孩啊——

我的唇角泛開淺淺的笑，心臟還怦怦跳著，捧著牛奶卻遲遲沒有飲下最後一口。

「小夜真是讓人不能鬆懈呢。」

抱著筆電和筆記本我有些艱難的推開玻璃門，雖然很想建議阿海改裝自動門，但這麼一來就會少了某些風味，就像愛情，起先就是因為那種模樣而陷入，牽起手之後卻又開始希望對方改變，一旦對方順從，難保某天會聽見那句殘忍的「你變了」，假使堅持原初的自我，又會被指責「就是不夠愛我才不願意改變」。

愛情的本質就是種掙扎。

踏進「四季」的瞬間，濃醇的咖啡香氣撲鼻而來，我揚起甜甜的笑，對於剛才的感想非常滿意，走往習慣的位置，在點單之前我飛快的把句子寫在筆記本上。

「愛情的本質就是種掙扎。」

「不錯吧？」

「比邵謙有深度多了。」

「我要把這句話錄音下來。」

阿海的笑無時無刻都非常溫柔，他故作姿態的聳了兩下肩，哪個人走進的門鈴恰巧叮叮噹噹的響起，輕輕撞擊著我的意識。

「沒關係，改天邵謙來的時候我會親口對他說。今天一樣要拿鐵嗎？」

「嗯。」我輕輕點頭，「很甜的那種。」

「我會努力說服阿磊，失敗的話也會另外準備蜂蜜給妳。」

阿海帶著微笑明快的旋身往回走，握著筆我又在筆記本上寫了幾個詞彙，恰巧，側臉，熱燙與冷卻的咖啡，托著腮視線流轉於四季的各個角落；我喜歡觀察身邊的所有事物，特別是各式各樣的人們，無論是表情或者舉動，都能延伸出一個又一個獨特的故事，虛構卻又趨近真實的——

忽然我的視線停留在某個點。

男孩。

又應該不是男孩。

深藍色單人沙發座裡有道慵懶的身影，非常眼熟，眼熟到跟我早晨透過窗瞥見的臉龐完美貼合，我隨手抓起桌上的玻璃杯灌了兩口水，瞇起眼又確認了一次。

屬於咖啡特有的香味喚回我的注意力。

「找到好題材了嗎？」

「應該。我不知道。有點混亂。阿海忙嗎？」

「平日的早上我都很悠閒。」

阿海一邊說著一邊拉開椅子坐下，他非常擅長聆聽，於是我寄存了大量的秘密在他身上，包括我其實是由於憧憬邵謙才毅然而然從事寫作，甚至拚命往邵謙在的出版社投稿，但這是絕對不能讓邵謙得知的秘密，尤其是在我「居然」和他混熟之後。

「那邊，角落沙發裡的男的。」

「米娜的眼光總是那麼好。」

阿海的感想真不知道是讚美還是調侃，總之我就是熱愛美少年跟帥大叔，這不需要掩飾，雖然我還在猶豫要把邵謙歸類在哪一邊就是。

「不是那個，」我壓低了音量，把臉神秘兮兮的擠成一團，「今天啊，我在小夜的房間裡看見他。」

「原來是小夜的朋友啊。」

「好像，不只是朋友。」

阿海納悶的望向我，嗯，我明白，我真的明白，善良正直的阿海大概正在思考「為什麼米娜會知道男孩不是小夜的朋友而是親戚呢？」，於是我故弄玄虛的搖了搖手指。

「那是……？」

「摟摟抱抱的那種關係。」為了消弭阿海體內的正氣，我又補充了一句，

「不是兄弟的那種，是很有愛的那一種。」

阿海果然陷入短暫的沉默。

我伸長了手拍了拍阿海的肩膀，「如果早點知道小夜是新世界的居民，我就不必折騰我的良心那麼久了。」

阿海居然笑了。

意味不明。

事實上我遲遲拿捏不準阿海體內的正直存放量究竟有多少，日常裡約莫是百分之九十的正直佐以小部分的彈性，但面對邵謙的時刻大概只有百分之二十，對待阿磊時多一些，至少我把楊修磊設定為人物之一時阿海有發出某些抗議。

雖然事後我很懷疑那是不是真的能被歸類在「抗議」裡頭。

「不覺得楊修磊就長得一副『讓我當主角吧』的臉嗎？」

「阿磊也有屬於他自己的困擾……」

「不然這樣好了，不要讓他知道，這樣他就不會知道你知道，然後你也不要讀內容，這麼一來就算他知道你知道，你也能說你以為是很『一般』的那種故事。」

「我不能讓妳自己一個人面對阿磊，如果一定要寫的話，還是讓我讀吧，至少我能提供一點細節，也能確保阿磊在故事裡的形象。」

瞇起眼我審視著眼前正直爽朗的男人，興許是我的錯覺，但阿海一迎上我狐疑的目光就拋出了話語，將我的思考導向角落的男孩。

「他是新客，點了一杯美式，我沒見過他。」

「他有一種第三者的氣場。」

「第三者？」

「嗯。」我用力點頭，捧起馬克杯緩慢的啜飲著，「這種看起來稚嫩無害的類型特別適合設定為『因為想要所以不顧道德也不考慮他人感情總之就是要得到』的角色，反差讓他的愛情更加純粹也更加殘忍。」

「因為純粹所以殘忍。」

「沒錯。愛其實是種非常殘忍的存在，不斷消耗自我，同時也消耗對方，如果體內湧生的愛跟隨不上磨損的速度，終究會成為一種灰燼。」

「這是妳不談戀愛的理由嗎？」

我愣了一會兒才理解阿海的話意。

「不是喔。」放下馬克杯之後那餘溫仍舊留在我的掌心，「是還沒遇到一個恰好的人。」

「恰好。邵謙也喜歡用這個詞。」

「但他的恰好跟我的恰好應該不一樣。」我皺了皺鼻子，有預感會被阿海取笑，「我追求的是帥氣程度的恰好，既要帥到一種程度讓我覺得賞心悅目，但又不能帥到會讓我想擺進故事裡。」

阿海沒有取笑我，反倒把視線拉往吧檯裡正在洗著杯子的楊修磊。

「像阿磊那樣就不行。」

「沒錯，楊修磊那樣就太過頭了。」

托著腮我繼續觀察著男孩，這期間我還充滿靈感替他取名為「藍忻」，比起小夜待遇好上許多，但不管怎麼說，小夜也是承襲了我最喜愛的鏡夜的脈流，也沒什麼好抱怨的。

「藍忻」除了伸手拿飲料喝以外，基本上就維持著固定的動作，像顆擺太久半僵掉麻糬黏附在單人座沙發椅內，扭頭望著窗外某個遠方，但窗外除了零散走過的人們，也就只剩下對街的公寓了。

「說不定他在監視公寓的某個住戶。」

說不定公寓裡住著小夜的正宮。

有些荒謬的念頭冒出後不知不覺就變得合理，我意會的點了點頭，這種複雜難解的戀愛習題果然是乏味人生中的辛辣調味啊。

我拿著筆勾勒出藍忻的輪廓，記憶力不佳是我的缺點，通常我會畫下目標人物的面容，防止故事進行到一半我卻把人物起先的設定忘得一乾二淨。

所謂「印象」這種概念，比起客觀清晰的攝影技術，帶有主觀意識的素描才更能呈現。

幸好人物素描是我少數能說嘴的專長之一，雖然我一度走偏陷入小夜的身體線條描摹，但終究還是走回正途了。

真是萬幸。不過姊姊似乎覺得有些可惜。

但那不是重點，我瞇起眼更加仔細的審視不遠處的男孩，不知道藍忻笑起來是什麼模樣？

我在畫像裡替他勾勒了燦爛的微笑，帶點無辜天真的弧度讓他顯得比實際年齡更小，但他究竟多大呢？約莫是二十歲左右，散發著大學生的率性以及介於男孩與男人之間的曖昧，像是正迎接著遲來的青春期，又或者是太早來到的人生轉折。

「眼睛好像應該再大一點……」

「是應該再大一點。」

「嗯……」

「不過畫得已經很像了啊。」

「什麼？」

我慢半拍才抬起頭，又慢了三拍的長度才足以判讀躍入我視野的畫面，如果要找一個譬喻的話，大概就像拍板前演員預先站定位置肢體也處於預備狀態，接著可能是攝助拿著板清晰的大喊三、二、一——

啪。

藍忻放大的臉龐塞滿整個框，太近了，這畫面拉得太近了，但導演似乎有獨特的美學，自顧自的進行下一幕。

「可以送我嗎？」

「是、是可以啊。」

藍忻旁若無人的拉開椅子在我面前坐下，捧起臉愉快的注視著我，眼睛確實比我想像的更大一些，「作為答謝，妳可以再畫一張。」

「喔……」

除了拿出另一張白紙繼續作畫，當下的我找不到更適當的應對方式，雖然總是讓故事裡的人物遭遇各式各樣莫名其妙的情節，但就我個人而言，凡是節外生枝的各類枝節都不在我擅長的領域裡頭。

於是我只能讓自己專注在素描本身，而不去考慮他眼底流露的興味盎然。

「我長得很帥氣吧。」

與其說是帥氣不如說從任何角度都脫離不了「可愛」的形容詞，但有很多男孩相當厭惡可愛這個詞彙，彷彿一旦被貼上可愛的標籤，就會被一把扔進可愛動物區那樣。

可愛動物區有充沛的草可以吃也沒什麼不好啊，但可能他比較喜歡啃肉，不過小白兔啃肉實在太驚悚了，所以我決定放棄想像。

於是我只能曖昧的應了聲。

「嗯……」

「是會讓人一見鍾情的那種類型吧？」

「什麼？」

「所以姊姊，妳對我一見鍾情了嗎？」

02

一見鍾情？

這男孩鐵定是誤會了什麼了。

我僵硬的搖頭，這時候我開始怨懟起自己肢體的僵硬，如此不流暢的否認反而加深他眼底的肯定，幾乎可以預想他即將要拋出拒絕、安慰、同情或者類似的言語。

不要。

我才不要被一個初次見面而且根本不符合我口味的男孩果斷的拒絕。

無論如何都必須做些什麼。

「你、好像誤會了什麼——」

「姊姊，人的眼神是藏匿不了秘密的，特別是感情。」男孩有些同情的嘆了口氣，「雖然我也不想這麼對待漂亮的姊姊，但放任一份我無法回應的愛情滋長，才是違反道德的事。」

男孩你有病嗎？

差點我就這麼問了。

但比起討論他的病情，倒不如迅速找個像樣的理由搪塞，對了，他說自己是會讓人一見鍾情的類型吧，哼，幸好這間店裡還有另一個比他更適合讓人一見鍾情的對象。

「不是這樣的，我已經有喜歡的人了。」

「姊姊，如果妳要這麼說我一定會相信妳，但我的立場還是非常堅定的。」

說到底就是堅持要拒絕我嗎？

我才不要被你拒絕。

「是真的。」我的語氣加重了一些，抬起手指向吧檯內正專注著沖泡咖啡的楊修磊，「我的心，早就在他的身上了。」

微妙的沉默在我和他之間蔓延，我錯過了放下手的時機，只能任憑指尖微微顫抖之後尷尬的收回，男孩轉身肆無忌憚的端詳起楊修磊，儘管他不喜歡如此的注目，但長久處於中心點的楊修磊大概很久以前就學會漠視這一切了。

他的表情摻雜著某些難以說明的內容物。

像是能夠接受我的理由，卻又不太願意接受有另一個比他「更適合被一見鍾情」的人物，但過了半晌，他彷彿整理完所有狀況坦率的點了兩下頭。

「姊姊告白了嗎？」

「什麼？」

「像這樣遠遠的望著，就算過一百年也得不到，想要得到愛情，就一定要採取行動。」男孩伸出手緊緊的握住我，熱燙的體溫強勢的傳遞而來，「我的信念就是『世間所有的一切都有其理由』，今天我在妳面前坐下，必然有其安排。」

不就是你自作主張的拉開椅子嗎？

我想掙脫卻沒有辦法，男孩霸氣的將我一把扯起，不由分說的拎著我徑直往吧檯走去，不行，絕對不行，發展下去絕對無法被嘲笑三天三夜就能了事；然而我越是掙扎，就越是激起男孩莫名的熱血精神，他甚至闖進吧檯內，乾脆的把我推到楊修磊面前。

楊修磊不帶感情的瞄了我一眼。

我很清楚吧檯是屬於他的領地，除了有通行權的阿海就連邵謙也從未闖入，然而現下我只能冀望楊修磊能讀出我眼底濃厚的無奈與抱歉，但那前提是他要看我啊。

「說啊。」

男孩拍了拍我的背。

如果可以的話我真的想隨手抓起些什麼旋身把男孩砸昏，但他得寸進尺的抓住我的兩邊手臂，更加強悍的把我往前推。

「一口氣往前衝就能跨越姊姊心底的那道坎了。」

你知道你正用力的把我扔進懸崖嗎？

「放、放開我……」

「這樣不行。」

「就說了放開我！」

「姊姊說不出口我來幫妳說。」

「你不要多管閒事——」

我的強烈反抗似乎惹怒了男孩，儘管我遍尋不著任何他能夠憤怒的理由，但總之他就是生氣了，而我和他的鬧劇終於讓楊修磊抬起了漂亮的雙眼。

「欸，帥氣的哥哥，你知道姊姊很喜歡你嗎？」

楊修磊似笑未笑的扯了扯唇角，聽見騷動的阿海也從裡側的廚房探出頭來，我死命的搖頭，但沒有人理會我。

「是男人就乾脆的給個回答。」

不要。

我就說了我不想被自己不喜歡的男人拒絕嘛。

楊修磊說話了。

「我想要的我就會自己追求，不需要第三者插手。」

楊修磊的回答是什麼意思？

我不知道。

在場的人大概除了楊修磊本人之外都摸不著頭緒。

於是我和阿海和不知名的男孩圍坐在桌邊偷覷著讀不出情緒的楊修磊，真是越看越賞心悅目，不對，這不是現在的重點，但是——

「越看越帥氣呢。」

「這不是現在的重點吧。」

男孩無辜的聳了肩，接著以可愛的方式癟起嘴，搞不清他是感嘆還是不滿，「但姊姊就是像這樣一直盯著看，然後越陷越深吧。」

「我才沒有。」

「姊姊是那種拚命欺騙自己的類型嗎？」

「收起你的莫名其妙的小宇宙，回到地球來好嗎？」

「說話的方式也很奇怪，」他轉向一旁靜靜聽著我們對話的阿海，「姊姊平常就這樣嗎？」

阿海絕對在偷笑，我不是指他臉上掛著的和煦微笑，而是那底層藏匿的更深的竊笑，我橫了他一眼，但阿海只回給我一個納悶的表情。

真鬱悶。

「這晚一點討論也可以。」阿海把話題轉向男孩，「還不知道怎麼稱呼你呢。先自我介紹，我是四季的店長阿海，漂亮姊姊是米娜，裡頭的帥氣哥哥是四季的咖啡師阿磊。」

不知為何這番親切的說明輕易的讓人冒起一把無名火。

但此刻我並不想追究這些，再度把視線拉回楊修磊身上，他依然氣定神閒的從事著各式各樣細瑣的事務，偶爾他會倚坐在一旁讀著書，纖長的睫毛掩去自身的感情，如此的面容在諸多客人心底泛起重重漣漪，也激起了層層想望。

不給人期望的他，卻被眾人的期望包裹。

「姊姊，妳有在聽我說話嗎？」

「什、什麼？」

「不能光顧著看喜歡的人，偶爾也要抽離關注一下身邊的人。」男孩認真的對我曉以大義，「再說一次吧，我叫孟晨。早晨的晨。」

「喔。」

不管他的名字是孟晨或者孟午孟晚，反正我也還是會自顧自的把他視為藍忻，撐過當下的這場鬧劇就好，他不過是偶然出現的人，那麼在偶然的交錯之後必定再度錯開。

「所以說那回答到底是什麼意思呢？」

「是吶，到底是什麼意思呢……」

「意思是『我不喜歡所以姊姊成天擺在那我也沒去招惹』嗎？」

「也可能是『我喜歡的米娜由我自己拉過來』。」

「夠了。」我用力吐了一口氣，開始整理桌面的私人物品，「我要回家睡覺。」

「逃避沒辦法解決問題。」

我側過頭狠狠瞪了孟晨一眼，「但如果這世間不存在逃避這件事，物種早就滅絕了。」

孟晨孩子氣的眼眸裡似乎滑過一絲複雜，但眨了幾次眼後卻又消卻無蹤，興許是我的錯覺，捧起筆電和筆記本，我毅然站起身，居高臨下的睥睨著阿海和孟晨。

「我要閉關。」

「我跟阿磊會想妳的。」

「楊修磊的份就不必了。」我有些尷尬的壓低音量，「今天的事，無論如何都不能讓邵謙知道。」

「好。」

「還有你，」我轉向孟晨，「算了，我沒什麼話要對你說。就這樣。再見。」

但孟晨也跟著站起身。

隔著桌子伸出手將我扯進懷裡，非常突兀的擁抱，像美劇裡朋友的簡單告別，既沒有貼靠身軀、卻又緊緊貼附彼此，但這裡不是美國，我只感覺自己的身體猛然僵硬。

然而沒有任何延伸，也沒值得發揮想像的空間，孟晨很乾脆的放開我，臉上依舊掛著燦爛到像是舞台劇演員一樣的笑容。

「下次我們再一起喝咖啡吧。」

孟晨擁抱的觸感還微妙的留在我的肩上，儘管我已經睡過一輪午覺，甚至跳了一遍有氧還洗了澡，卻還是揮不去他那單純卻突兀的舉動。

「好煩喔。」

喝了兩杯水後我偷偷摸摸的往窗邊走去，這時間點通常我的窗簾是拉開的，但不知為何，總有種「拉開窗簾就會看見孟晨」的預感，於是我回家的第一件事就是拉緊窗簾，直到現在我才伸出食指稍稍撥開一條縫隙。

七點二十分。

這時間點小夜通常還沒回家，但眼前的窗亮著燈，我探得更近了些，瞇起眼試圖辨識那跑來跑去的人影，一下子抛起抱枕出拳攻擊，一下子又消失到哪個角落，沒多久又拿著可能是鼓棒又可能是筷子的棒狀物四處敲擊，簡直像發瘋一樣。

隔了好一會兒我才確認那個瘋子就是孟晨。

一旦確認是孟晨，居然開始認為方才那一連串的舉動再合宜不過了。

「也是，青春裡就是涵蓋著大量的體力需要被消耗。」我再度拉緊窗簾，又喝了一口水，「但我的精神好像有點太好了。」

盯著桌上的筆電好一段時間，最後抓起邊上的手機隨意塞進運動褲口袋，只另外拿了鑰匙和百元鈔，胡亂套上懶人鞋就離開房間。

但目的地呢？

不知道。

我踢著柏油路上的碎石子，儘管微冷的夜裡沒有風，我卻還是後悔沒穿上薄外套，幾隻飛蟲撞擊著路燈燈罩，停下腳步我無聊的觀察著，蟲的腦袋一定很痛，不知為何我唯一冒出的就是這麼沒有情調的感想。

「不好意思。」

短促而客氣的嗓音拉回了我的注意力，側過頭我迎向聲音的來源，沒有足夠的時間拉扯臉部肌肉，我想現在的我要不就是一臉恍神，要不就是死板板的面無表情。

出聲喚我的人是小夜。

「怎麼了嗎？」

「可以，借過一下嗎？」

我這才發現自己恰好擋在巷子的正中央，雖然勉強擠過也可以，但對於手提購物袋的高大男人，無論多麼尷尬也還是得「驅逐障礙物」。

也就是我。

丟臉死了。

我堂皇的往牆邊靠，簡直像要變身忍者一樣貼附著粗糙牆面，我想像過九十七種與小夜邂逅的場景，卻沒有料想到這一幕。

往好處想，我連「以臉部著地方式在他面前跌倒」都設想過了，不過就是擋路沒什麼大不了的，家居服雖然邋遢但也過得去，問題是，在他眼鏡鏡面的倒映裡我發現、自己還綁著頭髮。

而且是以過於可愛的粉紅色蝴蝶結將瀏海高高束起的卡通式髮型。

「對、對不起……」

「我才抱歉。」小夜禮貌的揚起微笑，「好像打擾到妳了。」

我只能僵硬的乾笑，虛弱的搖搖頭，明明是非常適合發展戀愛的初次邂逅場景，假使給我一台筆電我絕對能飛速的推演劇情；然而就算能編織一百則故事，身歷其境的我，腦袋也還是一片空白。

擅長戀愛的小說作者之類的形容詞都是虛無縹緲又不切實際的想像。

現實就是，會讓人化作雕像石化的時刻人就是會石化。就算口袋裡備有一百種解套方式，但不得動彈的手根本沒辦法探進口袋。

「姊姊。」

巷子另一端穿著深色運動外套的孟晨誇張的朝我揮手，沒多說什麼而是撒嬌的飛撲到小夜懷裡，啊、我都忘了，明明就只是早上的事，我居然忘得一乾二淨了。

這兩個人——

沒有戀愛的可能我的手就又活動自如了。現實果然會讓人變得更現實。

「等到我都快餓死了。」

小夜唇邊泛開寵溺的淺笑，「抱歉，快點回家趁熱吃吧。」

有必要在孤單、寂寞、覺得冷的單身女性身旁肆無忌憚的調情嗎？

努起鼻子我想默默退場，但沉浸於濃厚幸福中的人往往都是殘忍的，越是溫柔，揮出的刀刃就越是銳利。

「姊姊，」孟晨親暱的勾住我的手，彷彿我們有多深的交情一樣，「一起吃晚餐吧。」

「我吃過了。」

「那就當點心吧。」

「我媽教過我，不能去陌生人的家裡，」我很堅定的拉開孟晨的手，「尤其是男人。」

很好。

我做得很好。

但就在我轉身往回走的瞬間，孟晨忽然從後頭摟住我，當然我絕對不會承認我的腦中短暫閃現過「天啊是背後抱」的念頭，更不會承認我的心臟正不受控的加快速度；他的下巴抵住我的肩膀，呼吸大肆撲打在我的臉龐。

這種發展不合理。

「放、放開我——」

「一起吃嘛。」他愛嬌的將我往前推行，同時用著無邪的嗓音狠狠鞭笞我，「姊姊妳不用擔心，我跟尚淵哥絕對不會對妳下手的。」

刀刃精準的刺進我的胸膛。

最後，為了抹去我最後一道鼻息，孟晨施力將我轉向小夜，並且無聲的要求小夜給予相同的「承諾」。

小夜笑了。

那美好的笑容彷彿死神嘴角那道經過精密計算後得出的弧度，明明白白的拋擲出，禮貌的、溫厚的、卻百分之百不會被誤解的：

我。才。不。會。對。妳。下。手。呢。

03

小夜，不、是劉尚淵低聲和我說了好幾次抱歉，除了乾笑以對我不知道自己還能擺出什麼表情，無奈的嘆了一口氣，我回去會好好檢討自己貧乏的表現法。

孟晨用著很滿足的表情吃著劉尚淵帶回來的海鮮麵，愛情果然很偉大，那碗麵擺明就是糊了，就算調味得當也絕對不會讓人產生他臉上的神情。

「孟晨這麼快就交到朋友我有點訝異。」

「其實我跟他不管從什麼角度都稱不上朋友……」

「我想也是。」劉尚淵笑起來很好看，這不是我第一次近距離看他，某次丟垃圾的時候也碰巧和他打過招呼，那時我還暗自讚嘆他的鼻梁挺直到絕對會遭天譴，但正常人不會牢牢記住這種無關痛癢的瑣事。「但他一定很喜歡妳。」

「是嗎？」

「雖然他表現得很活潑開朗，好像跟誰都可以熱絡的相處，但其實喜好非常分明，如果不喜歡妳的話，絕對不可能和妳有肢體接觸的。」

孟晨把海鮮麵吃得乾乾淨淨，連一滴湯也沒剩下，就連他硬塞給我但我只吃了兩口的小菜他也一併消滅；他自動自發的收拾好桌面，從廚房返回客廳後連招呼也不打就往我身邊坐下，再度伸出他修長的手搭住我的肩膀。

我在「甩開他」與「忍受他」之間猶豫了三秒，好吧，大概一秒多一些，看在劉尚淵的面子上——而不是因為孟晨雖然很煩但是長相真的太可愛——決定暫時選擇後者。

「姊姊住這附近嗎？」

「嗯……」其實現在就能看見我那盞忘記熄掉的檯燈，微光正透過那片薄薄的窗簾，「算是吧。」

「這就是所謂的命中註定嗎？」

「偶然。」我義正詞嚴的糾正孟晨，稍微轉頭卻發現兩人貼靠得實在太近了些，我僵硬的拉回角度，拚命忽視方才他的唇幾乎刷過我頰邊的觸感。「四季的客人大部分都住在附近，就機率而言，你碰上不住在這一帶的人才稱得上註定。」

孟晨收回手，下一秒鐘又抬起手輕戳著我的右頰，「姊姊看起來很好相處，但實際上好像不是很願意跟其他人有深入的發展。」

我的呼吸有瞬間的凝滯。

難以察覺的不知所措滑過我略顯僵硬的四肢，掩飾般的扯了扯嘴角，擺出「是喔你以為你是心理學專家喔」的敷衍表情，卻忘了揮開他還停留在我頰邊的指尖。

孟晨的話語只是一種臆測。

卻像懵懂的孩子以童稚的嗓音說著「媽媽妳在難過嗎」一樣，孩子什麼也不懂，但他什麼也不需要懂，只是簡單而直率的說出自己所看見的一切。

越是直率，越是令人難以承受。

「陶小姐今天才認識你，願意陪你吃晚餐就已經很少見了。」劉尚淵像是為了替我解圍一樣，走近孟晨身畔拎起他，「時間也有點晚了，我送陶小姐回去吧。」

「為什麼是你？」

「如果讓你知道陶小姐的住處，你一定會去打擾人家。」

「老是用這種世故的態度才會交不到真心的朋友。」孟晨不滿的鼓起雙頰，尋著空隙又攀掛在我的背上，「姊姊能理解吧！」

我斷然的搖頭。

「不能。」我蓄意的冷笑，「我的思維很正常又很普通，所以沒辦法接受跳躍式的交往，省略步驟這種事呢，不是每個人都能做到的。」

孟晨沉吟了會兒。

大概是聽懂我的諷刺，他緩慢離開我的背，卻伸出手拉住我的。

「也是。」孟晨重重的點了頭，帶有某些惋惜的眼神注視著我，「我承認要追趕上我需要一些時間，那麼，今天就勉強讓尚淵哥送姊姊回去吧，我們再慢慢培養感情就好。」

誰想跟你培養感情。

但為了收尾最好的辦法就是認同。我只能點頭。

他又給了我一個重重的擁抱。

「我絕對會陪妳追到帥氣的哥哥的。」

不要瞎攪和。

我沒什麼誠意的上下晃了兩下腦袋，並且暗自和四季進行短暫的告別，人生總會遭遇某些自己不樂見卻難以掌控的狀況，撐過去就是一種成長。

甜甜的拿鐵，再見。

「謝謝。」我往後退了一步，以免他想想又撲過來，「我先回去了。」

終於擺脫纏人的孟晨了。

我大大的吁了口氣，卻忘記劉尚淵還在我的身旁，尷尬的轉身卻迎上他理解的淺笑，但我還是盡可能假裝自己只是想睡覺而打呵欠。

「謝謝妳那麼有耐心陪孟晨。」

「也還好啦……」

扣除對陌生人的點頭示意、委婉的請我讓道，這是我第一次和劉尚淵獨處、交談，但興許是我長期「觀察」他，也以他的形象替小夜建構了許多故事，此刻的他簡直像是我熟稔的友人一般；當然絕對是我的一廂情願，也知道這跟「自以為和電視上常出現的演員很熟」沒什麼兩樣，但我心底的顧慮確實淡薄許多。

甚至衝動的拋出超過陌生人分際的提問。

「你跟、孟晨是朋友嗎？」

「也不算。」給人沉穩印象的劉尚淵做了個略顯俏皮的聳肩，「關係好的表弟。不過能不能稱得上朋友，老實說我從來沒想過這個問題。」

不知為何我有些失望。

甩了甩頭，不對，這種感想是不對的，我怎麼能因為「這兩個人居然不是戀愛關係」而感到失望並且失落呢？

但說不定是升級版的表兄弟禁斷橋段——

冷靜。這裡是三次元不是二次元，禁斷這個詞彙不是走兩步就能在路邊踢到的石頭，我伸長腳把一旁的碎石頭踢得老遠，卻還是不由自主的癟起嘴。

「但你們看起來感情很好。」

「這我不會否認，不過人呢，對各種事物都有強烈的選擇性，像是孟晨從小只要一鬧彆扭或是心情不好就會跑來找我，卻從來不會向我訴苦或者抱怨。」

「嗯……」

「所以我就不問啦。」劉尚淵在隨著我拐進巷子裡時揚起釋然的笑，「不過以前很煩惱呢，一方面覺得自己能提供孟晨一點依靠，但他什麼也不說，想幫忙他的心情卻無處可去。」

「但能在他溺水的時候讓他攀附，比起什麼都還要重要吧。」

劉尚淵停下腳步，轉身面向我。

「我好像有點理解了。」

「什麼？」

「孟晨喜歡妳的理由。」

「為什麼？」

「因為想被理解。」劉尚淵的聲音慢慢悠悠的，「我想，在這世界上的每個人都努力的找尋著另一個能夠理解自己的人，在孟晨眼裡，也許妳會是那一個。」

如果不是呢？

抱持著期盼的孟晨會格外失望吧。

我不想讓另一個人失望。況且是一個我甚至不算認識的人。可能劉尚淵這席話帶有微薄的請求，但那本來就不是我該承接的感情。

站在我面前的劉尚淵在不久後的某天也會對我感到失望吧。

然而這些期待與失望，打從一開始就與我無關。透過微弱的光線我盯望著圍牆上慵懶躺臥的雜色貓，彷彿貓的世界從來就沒有紛擾，我深吸了口氣，想打斷任何可能的延續。

「到這裡就好，謝謝你送我回來。」

「抱歉，明明知道妳才剛認識孟晨卻還是對妳說了那麼多話，雖然想請妳不要感到負擔，但這種話也只是託辭。」有風，輕緩的，於是我無從分辨劉尚淵是否有吐出細微的嘆息，「覺得討厭就請妳直接對孟晨說吧，那傢伙適合直來直往。」

可惜直來直往不是我的路數。

回到家、在床上滾了兩百圈仍舊無法入睡後我當機立斷的起身找尋另一個據點，雖然必須割捨我摯愛的床榻，但至少可以遠離那扇時時刻刻撩撥著我的玻璃窗。

於是我和我的小背包來到了遠方。

遠方。路程超過一小時的地點都是遠方。我說的是步行。所以搭上公車的我前後只花了二十分鐘就抵達這扇門前。

「怎麼了嗎？」

「借住。」

韓凜蹙起眉納悶的放行，我曾經在書上讀過「質疑自己的時候，只要去找更被質疑的另一個人就能重拾信心」，不管讀過幾遍都覺得非常有道理，那本書的作者剛好是我本人；總之，儘管我不太擅長直來直往，但韓凜大概連直來直往是什麼概念都不明白。

她的存在對我而言就是種安慰。

「妳家怎麼了嗎？」

「有蟑螂。」

「妳又不怕蟑螂。」韓凜替我倒了杯水，和大學時期冷淡疏離的態度相比，她簡直是大躍進，「住是可以，但後天徐子凡要來。」

「重色輕友。」

「嗯。」韓凜臉上露出很討人厭的幸福微笑，雖然我好像也推過她一把，「畢竟是難得的放假，當兵很苦悶，他說的。」

「好吧。」

得過且過。某種程度上我是很坦然的。活在二次元的時間久了以後，對於大多數不從人意的狀況我多少都能釋懷，畢竟慘也慘不過各類小說漫畫裡的廢柴男主角，更重要的是，我也沒有非得要振作起來拯救世界的偉大使命。

韓凜倒了杯水給我，只問了我要不要吃蘋果，她沒有探問，但不怎麼喜歡肢體接觸的她卻坐得比平常更近，她總是以十分迂迴的方式付出，大二那年發現這點之後我就開始無視她的冷淡，直接把她的推拒視為「情緒表達障礙」，事實證明我的眼光挺準確的。

等等。

怎麼有種既視感？

我對待韓凜的模式和孟晨自顧自黏上來的模式怎麼有點……

「為什麼突然僵住？」

「沒有。」我誇張的皺起整張臉，惹得韓凜不自禁笑出聲來，「只是想到某個可怕的故事發展，實在太驚悚了，對，沒錯，就是有一類角色的任務是帶著大量誤解和錯誤判斷來擾亂整個故事，這時候唯一處理的方式就是把他排除在故事線之外。」

「米娜。」

「嗯？」

「妳現在是在說真人吧。」

「為、為什麼這樣問？」

「因為很明顯。」韓凜似乎在我看不見的小角落被徐子凡帶壞了，瞇起的眼角明顯流露著調侃，「是值得紀念的初戀嗎？」

「我已經說過三萬兩千遍了，本人我早就在國小二年級結束初戀了，而且還是轟轟烈烈、愛恨交織的那種。」

其實只是我暗戀男孩甲，告訴了死黨乙，結果乙居然也喜歡甲，而且還不顧道義的先去告白，最後甲拒絕乙，乙很難過又怕甲接受我，回頭來威脅我「甲跟我之間妳只能選一個」；在猶豫擺盪的過程中，我忍痛選擇了死黨，但甲在同學鼓吹之下似乎對「向他告白的乙」產生了興趣，於是甲和乙就手牽手共同揣摩所謂的戀愛，而我就被忽視了。

乙壓根兒就忘了要我在兩者間選擇一個的威脅，回過頭以勝利者燦爛的笑麗握住我的手，寬容的「允許」我和他們一起玩。最後她很天真爛漫的對甲說：

「米娜也喜歡你喔，不過你喜歡的是我，米娜有點可憐所以我們要對她好一點。」

這就是我初戀的句點。

也是我踏入二次元世界的起點。

因為我碰巧在姊姊的漫畫裡瞥見同樣悲慘的女主角，心有戚戚焉之際也得到了莫大安慰，但獲取安慰的代價就是再、也、得、不、到、三、次、元、的、愛、情。

這跟偶像劇追越多，就越遠離實際戀愛的機制大抵相似，而共同特徵便是：「戀愛經驗越少的人，越容易陷入這種詛咒。」

我一定是被詛咒了。

「妳遇見理想型了嗎？」

「真不知道妳現在是在取笑我還是認真的。」我咬著下唇，口齒含糊的說著，「我的理想型根本不會出現在三次元……」

理想和現實往往是衝突的。

邵謙為了取笑我甚至還建議我可以多看３Ｄ動畫，我撇了撇嘴，癱倒在韓凜身上，雖然一瞬間閃過「我這樣的舉動根本就和孟晨沒兩樣」，但當她開始摸著我的頭，所有的不愉快全都拋諸腦後了。

「有人對我說，雖然我好像很好相處，但根本沒有和別人深交的打算……」

「大部分的人都是這樣吧。」輕緩的嗓音落了下來，「在諸多考慮裡頭，人首先就是要避開讓自己受傷的可能，所以最簡單的方式，就是不要交出自己。」

「是這樣沒錯。」

「但是徐子凡告訴我，不冒著受到傷害的風險，就得不到更珍貴的東西。」

「韓凜。」

「嗯？」

「不要在我差點被感動的時候惡意放閃。」

「改成『店長對我說』會比較好嗎？」

我思考了五秒鐘後宣告放棄。

「算了，在糟糕跟更糟糕兩邊進行選擇本身就是浪費力氣也浪費腦細胞。」

□

更新。017

楊修磊凝望眼前的咖啡，沒有任何波動也沒有任何熱氣，溫的，或者熱的，他不知道，至少絕對不是十分鐘前剛沖泡的熱燙。

他很清楚一杯咖啡走味的時間長度，卻從來就不懂得拿捏一份感情降溫的速度。

「因為我推開門踏了進來，而你恰巧在裡頭，人生中有諸多的偶然，你也是我生命裡的偶然，但是我會把這些偶然解釋為註定。」

楊修磊斂下眼，掩去幽黑眼眸裡頭的無底，某種近似於痛苦的感情盤踞在他的體內，他想逃躲卻遍尋不著出口。

這裡沒有，那裡也沒有。

甚至他早已分不清這裡以及那裡的界線，自從阿夜走進他的世界，他所設下的一道道界線都被打破重置，某些偶爾楊修磊幾乎無法釐清所謂的自己。

這就是所謂的愛嗎？

會一點一滴將人吞噬的愛嗎？

「我希望你牽著我的手，但就算你不這麼做，我也會抓住你的手，緊緊的、不放開。」

楊修磊想起十分鐘前的那通電話，彷彿算準咖啡沖泡完成的時間點，精準的，讓他錯過了最美味的瞬間。

這時候的他總是不接電話，更早之前甚至會將電話關機，但那也是阿夜衝破的界線之一，僅僅由於那句「想聽見你的聲音時就想立刻聽見」，但他卻發現隨著時間的流逝，更多時候，是期待聽見他的聲音卻只剩下沉默。

「忙嗎？」

「沒有。」

「有些事，覺得不應該隱瞞你，但我又卑鄙的不敢親自面對你。」

楊修磊不是擅長說話的人，更不擅長面對如此的開場白，他有一種強烈的預感，假使他立刻將電話掛斷或許一切會變得比較好一些；然而他沒有，死命的握著電話，吞嚥著漫長的沉默，也任憑漫長的沉默吞噬著自己。

「我，遇見了一個人。」

透過電話傳來的阿夜的嗓音有些失真，比楊修磊記憶中更加低沉而沙啞，也許他可以說服自己電話另一端並不是阿夜，誰都不是，但聲音卻持續傳來，阻止了他的退卻。

「我一直以為人的一生中就只會有那麼一份恰巧，我來了，而你也在，但那個人，卻也走到我的面前……阿磊，這一切在你耳裡或許就像藉口，不，我想我對你說的話語每一字一句都是藉口，但現在的我真的非常混亂，我不知道自己的體內同時塞進兩份感情的時候該怎麼辦……」

阿夜繼續說著。

「我愛你，這是千真萬確的，無論如何我想讓你知道這一點。」

但為什麼說著愛他的人卻不在他身旁呢？

楊修磊並不是個擅長忍耐的人，然而阿夜讓他逐漸學會忍耐與退讓，也許這是愛，又也許這與愛無關，與那些他曾有過的轟轟烈烈的愛情不同，楊修磊終於明白，越是安靜沉默的愛情，越讓人難受也越讓人難以割捨。

爾後，越陷越深。

阿夜站在原地很長一段時間。

他忘了是誰切斷電話，也許是楊修磊，又也許是他自己，他以為楊修磊會斷然的割捨自己，那畢竟是他應得的對待；阿夜不想失去他，但他更不願意兩個人的擁有之間摻有欺瞞，於是他坦白了，得到了意料之中卻也是預料以外的沉默。

為什麼非得去傷害一個愛著自己而自己也愛著的人呢？

從前的他不懂，但此刻的阿夜寧可自己永遠都不要懂得，正因為是愛，正因為沒辦法不愛，才會在重重的掙扎之中反覆傷害待在那份愛裡的所有人。

「為什麼一直站在窗邊？」

「沒事。」

「跟楊修磊通過電話了嗎？」阿夜以詫異而複雜的目光望向藍忻，但藍忻只是無所謂的笑了，「我不在意喔，一點也不在意，只要你現在待在我的身邊就好。」

「藍忻——」

「愛情就是這樣，得到多一點的人就贏了。」

藍忻往前踩了一步，牽起他的手，剛洗完冷水澡的藍忻冰涼掌心透著一些濕氣，藍忻總是用著一種無關緊要的神情逼近他的感情，彷彿對他而言那是一件再簡單不過的事，因為想要所以伸手，就只是那麼單純。

阿夜不能克制的陷入那份純粹而直接的感情裡頭，同時也害怕那近乎掠奪的無辜笑容，我想要的就那麼多喔，但他、或許連一半都給不起。

「阿夜，我的要求很少，真的非常少，我沒有要你把全部的愛都給我，但站在我身邊的時候，你只能想著我。」藍忻的手微微施力，「這麼一來，你的心底總有一天會只剩下我而已。」

阿夜斂下眼。

屬於楊修磊的美好側臉滑過他的意志邊緣，他發現自己竟開始顫抖，他所做的一切，不，從遇見藍忻開始的每一分每一秒他都瘋狂傷害著楊修磊，但他停不下來，就算想打住步伐卻拚命往前衝，將三個人都帶往險峻的懸崖邊。

搖搖欲墜。

「阿夜。」藍忻伸出手抬起他的下巴，筆直的對上他的眼，「你只要，看著我就好。」

阿夜猛然退了一大步。

「但我的世界裡還有阿磊在看著我，到此為止吧，我——」

「你能逃到哪裡去呢？牽著楊修磊的手拚命的奔跑嗎？」藍忻愉快的笑了，不帶任何惡意卻狠狠凌遲著阿夜，「所謂的人呢，總是越逃越無處可去呢。」

藍忻又往前踩了一步，幾乎要讓阿夜無路可退，他的嘴角仍舊掛著笑，抬起手輕輕撫上阿夜的臉頰，彷彿想加長兩人之間的擠壓般緩慢的眨眼。

最後藍忻的唇輕輕覆上阿夜的。

「你那種拚命想愛著楊修磊的姿態，才是、最傷害他的事。」

04

我有一種很濃重的罪惡感。

每次更新完連載我就會產生這種餘味，必須以近乎膜拜的方式誠心誠意的飲下楊修磊沖泡的黑咖啡，不加糖，不加奶，連冰塊也不能摻入，非得讓那醇厚的苦與微微的酸充斥我的體內，我方能獲得重生，但是——

現在的我處於和四季暫別的微妙狀態裡頭，去也不是，不去也不是，結果就成了在街角反覆打轉的躁鬱無尾熊。

「這一定是詛咒。」

說不定是我上次拒絕幫我姊畫她男友的肌肉圖，所以她暗自紮小人想到就拿針東刺刺西刺刺，不無可能，我姊無聊又遠離現實程度跟我有得比。

差別只在於她有男友，我沒有，而且她比較正身材比較好學歷也比較高朋友也比較多，還比我擅長紮晴天娃娃和小人……真是越想越心酸。

所以我姊是人生勝利組，而我只能在電腦螢幕後面假裝自己好像離勝利不那麼遠。

「妳在做什麼？」

步伐猛然打住，我的身體瞬間僵硬得有如石雕，不是木雕，絕對是石雕，但現在不是仔細闡述兩者差異的適當時機；抬起因為熬夜而有些瘦澀的眼，楊修磊那不合邏輯的美好臉龐正盯望著我。

「思考宇宙的奧秘，例如為什麼有些人就是可以長得比較好看。」

這種時候楊修磊壓根兒不會理我，看吧，他漂亮的黑眸連一絲禮貌的客套都看不見，依然以平板的神情瞅著我；我重重吐了口氣，不行，我絕對沒有勝算，我曾經和我姊玩「盯著楊修磊看」的遊戲，雖然我姊很弱，但只堅持了五分二十一秒的我更沒有資格說嘴。

「我不想遇見那個奇怪的孟晨，就是那天硬逼著我跟你告白的男孩……你絕對絕對不要誤會，就算這整個世界有百分之九十九的人都喜歡你，我一定是在那百分之一裡頭。」

「他沒來。」

「真的？」

楊修磊瞇起眼的動作相當細微，彷彿在他的世界裡所有喜怒哀樂都被縮放到極小，接著他毫無紳士風度逕自往前移動，望著他頎長的背影我感嘆的吁了口氣，人帥真好，蠻橫無理都可以成為一種態度，只可惜你絕對是受——

不對。

用力甩了甩頭，清醒，每次一趕完連載我就會陷入現實與幻境交疊的迷霧之中，無論如何都必須被黑咖啡苦醒。

楊修磊萬一哪天看穿了我的心思，又發現我根本只能分辨甜度而完全品味不出罐裝咖啡跟手沖咖啡的差別，他會不會抿起唇把我扔出四季？

想到就可怕。

我緊抓著背包肩帶一蹦一蹦的跑進四季，推開門的瞬間濃郁的氣味沾染上我的身體，習慣坐的位置被搶先佔領了，站在吧檯邊的阿海揚起溫柔美好的淺笑，輕輕招手，喚我到前頭落座。

「這次閉關時間比較短呢。」

「倒不如說靈感來得比較洶湧猛烈。」

「猛烈。」

阿海饒富意味的複誦了一次。我把包包隨意擱在椅子底下，但阿海卻細心的將包包移到置物籃內，看著他纖細的舉止，我就——

「不可以喔。」

「我什麼都沒有做啊。」

「妳一出現這種表情，就是想創造新角色，雖然很想幫忙，但我個人比較低調一點。」阿海的笑不知為何透著一股涼涼的氣息，「今天是黑咖啡對吧。」

我重重的點頭。

趴在吧檯上，「那個孟晨真的沒來對吧？」

「很在意他嗎？」

「我不喜歡莫名其妙又麻煩的角色。」

「那就麻煩了呢。」

「什麼？」

阿海緩慢移動視線，順著他的目光我有些僵硬的扭身，但還來不及完全辨識眼前的光景，就被某種不明生物攀附，不是很軟，很熱，但力氣很大……

「姊姊妳好久沒出現喔。」

「放開我。」

孟晨稍微鬆開手，我用力將他推開但一點用處也沒有，他的手仍舊熱絡的箝制住我的雙手，任憑我拚命甩動都不見絲毫動搖。

「我每天都來呢。」孟晨的笑甜甜的，好可愛，差一點我就投降了，「差一點就要強迫尚淵哥帶我去妳家了。」

「你每天都來？」

「嗯。」孟晨的頰邊有淺淺的梨渦，好想伸手去摸……不對，我撇開視線回神到掙脫他的「要事」上，「順便投履歷找工作。」

也就是說——

我猛然轉身，恰好迎上端來咖啡的楊修磊，「你騙我！」

楊修磊輕輕擱下木盤，唇邊泛開一抹大概能被解讀為笑容的弧度，他輕輕搖了頭，接著以俐落到惹怒人的姿態倚坐在吧檯邊。

「剛剛他還沒來。」

「在說我嗎？」孟晨在最錯誤的時間點湊了過來，燦爛的朝我笑著，「原來姊姊也想見我。」

「不想。完全不想。還有，放開我。」

「姊姊是那種特別喜歡說反話的類型嗎？」

「你是那種根本不聽人說話的類型嗎？」

「不是啊。」

孟晨居然回答得乾淨俐落，他鬆開手，卻又將手探上我的臉頰，輕輕貼上，臉也跟著往前湊近──

「你、你要做什麼？」

「這樣三心二意不好喔。」

「什麼？」

「要堅定的繼續喜歡帥氣哥哥，或是要果斷的移情別戀到我身上，一口氣就要做好決定。」

楊修磊你點什麼頭？

我好鬱悶。

抓起馬克杯一口氣灌下半杯微燙的黑咖啡，好苦，真的好苦，我敢保證楊修磊一定是在瞪我，活該，誰要你跟著孟晨興風作浪。

「我決定了。」

「不管你決定什麼拜託你不要靠我那麼近——」

但孟晨沒有後退的打算。

他扯開炫目的粲笑，彷彿誰都不能抵擋他的入侵，蠻橫的撞開鎖上的門扉，只為了拋出一句宣告。

「從這一秒鐘起，我要開始喜歡姊姊妳了。」

我第一次續了黑咖啡。

儘管阿海每次都會特別介紹「今天是阿拉比卡的豆子」或是「試試重烘焙的豆子吧」，但對我而言，不加糖不加奶什麼都不加的咖啡就是黑咖啡。

為了撰寫故事，我必須把愛情細分成各式各樣的類別，以彼此的年齡、地位或者背景的差異作為基準點，拋出一條條可能的發展線；阿海說咖啡也是如此，不同產地的豆子，依據生長時的環境、烘焙的程度、沖煮的溫度，佐以混合的比例，會創造出各式各樣獨一無二的咖啡飲品，這就是讓楊修磊專心投入的理由，也是讓愛好者一再上門的原因。

沒錯。

被書寫的愛情和深奧的咖啡都一樣，有能夠被大量說明的內容，但並不是每個人都具備理解的能力，例如我。

無論我能夠以如何細膩的筆法口吻描繪愛情，現實生活中被活生生擺在我面前的愛情，我連觀看的適當角度都難以掌握。

在那之前就乾脆的撇開頭不要看。

「為什麼姊姊不看我？」

「我找不到任何一個看你的理由。」

「這樣，妳怎麼能看見我對妳的喜歡呢？」

扭過身背對坐在我右手邊的孟晨，對他而言拋出一份無論是否含帶真心的喜歡似乎再輕易不過，但我不能，被拋出的言語畢竟不是虛構；然而我終究還是旋過頭，迎上他那副難以判讀真心的晶亮眼眸。

「就算這樣看也看不見你所謂的喜歡。」

「姊姊不相信我吧。」

「對。」我筆直的望著孟晨的眼，那之中有著我的倒映，「喜歡不是能被決定的事，就算你大肆宣揚『我要開始喜歡妳囉』，也不可能隨心所欲。」

「那是一般論。」

「我剛好就是一般人。」

「對姊姊來說『喜歡』究竟是什麼呢？」孟晨的聲音緩慢卻透著涼意，佐著他清澈的眼眸與燦爛的笑容，那簡直是一種將喜歡視為嘲諷的組合。「雙眼只能看見對方、心裡只想著對方，或是在對方面前可以毫無保留的坦露自己？這些，我都可以做到喔。從姊姊說『可以』的那一瞬間，這全部，我都做得到喔。」

我忽然有種害怕的感覺。

眼前的孟晨與我印象中那個直率爽朗又有些任性妄為的男孩截然不同，帶著一種殘忍而嗜血的氣味步步逼近，但他甚至沒有絲毫移動，單單只是凝望著我，我卻因此感到無路可退。

「你——」

「對我而言愛情就是這麼一回事，人需要一個停靠的位置，於是拿出自己作為賭注來進行交易，因為我需要這些，我需要哪個人填滿我的空洞，擁抱我的寂寞，所以願意承擔也許會被放大成兩倍三倍的空洞與寂寞……」

「就算這樣，你也沒有理由選擇我。」

孟晨將額頭輕輕抵上我的。

於是我看不見他的眼底的流轉。

「因為妳想要一份愛情。」他說得極慢，一個字一個字都有足夠的時間滲入我的體內，「而我，剛好能夠給妳。」

他說。

「不是會損耗人心的那種真實，而是能夠符合妳所有想像的那種愛情，無論妳希望的對方是什麼模樣，我都能夠成為那樣的人。」

「為、什麼……？」

隔了很長一段時間言語才自孟晨口中輕輕滑出。

不帶感情的。

卻混著濃濃哀傷。

「因為，我需要走進一個世界，而在那裡頭的我，並不是我。」

「那就不是愛情，而只是一場稱為愛情的劇碼而已。」

「姊姊本來就是作家啊，這種事，就當作寫一篇故事吧。」

「這麼荒謬的事……」

孟晨笑了。

溫柔而銳利。

「愛本身、就無比荒謬啊。」

恍惚。

咖啡的苦澀在口腔中蔓延，托著腮一臉單純無害的孟晨正愉快的和阿海聊天，彷彿不久前他充滿壓迫而銳利的言語只不過是我的一場想像。

但畢竟不是。

「姊姊可以慢慢考慮沒關係，我不急。」

轉換就只是倏忽之間的事，儘管我的筆下也有幾個能夠如川劇變臉般自若的調整自己的喜怒哀樂，但我不知道自己有一天會親眼目睹如此的一幕。

讓人，不知道哪個孟晨才是真的。

又或者裡頭沒有一個是真的。

「看來我的告白讓姊姊很苦惱吶，真讓人開心。」

「我要回家了。」

「我送姊姊回去吧。」

「不需要。」

但孟晨不是聽得懂拒絕的類型，他半強制的牽著我的手往前走，途中以輕快的語調談論些無關緊要的內容，我試著掙脫過幾次，最後只能半放棄的由著他。

我望向他的略顯孩子氣的側臉，忽然我分不清他眼底的光彩究竟是不是屬於他的，又或者他只是太過擅長反射他人的想像，對於他的，如同他所說的，他可以輕易的成為任何一個人。

好可怕。

不明來由的我忽然覺得眼前的孟晨非常可怕。

猛地抽回手，他的聲音被我突如其來的舉動打斷，旋過身他納悶的注視著我，我僵硬的往後退了一小步，卻被他硬生生的拉住。

「為什麼一臉害怕？」

斂下眼我找不到適當的說辭，但沉默卻讓我更動彈不得，我虛弱的搖了兩下頭，「我自己回去。」

但他沒有放開我的打算。

「姊姊比我想的還要膽小呢。」

「放開我……」

孟晨終於鬆開手，那灼燙的餘溫卻以更強烈的方式烙印在我的手腕，他沒有打算傷害我，這點我很清楚，儘管如此我依然感到害怕，因為眼前這個我甚至稱不上認識的男孩，或者男人，徹頭徹尾就不是真的。

卻也、不是假的。

對於這一點我感到不知所措，簡易的二分法在孟晨面前一點用處也沒有，咬著唇我來回思索著，他就只是以沉默的姿態注視著我，一秒接著另一秒，給我時間卻沒留給我餘地。

「我不是那個能夠配合你的人，所以沒有必要花費更多的心思在我身上。」

「但妳在動搖，不是嗎？」

「現在的你，是真的孟晨嗎？」

他收起唇邊的弧度，臉上沒有一絲波瀾。

「真的孟晨？」他的嗓音非常冷冽，「也許，就是現在站在妳面前的這個人，空蕩蕩的，什麼也沒有。比起那個天真可愛的孟晨，妳能說出『我會選擇眼前這個你嗎』？」

「我……」

「沒有逼妳回答的意思，這種答案我期待過，但期待只會得到落空，就像別人所期待的我從來就不是真正的我一樣。」孟晨揚起笑，空蕩蕩的那種笑，像是會把對方的感情一口氣吞噬的無底。「妳想對我說『總會有一個人能夠接受你真正樣貌』嗎？這種話我也聽過很多次，起初我會相信，因為這麼對我說的人總會給出一種『我就是能接受你的那個人』的幻象，最後卻比誰都還要殘忍的甩開手，完全忘了自己說過的話，不，大概是記得，所以才會更厭惡的揮開，彷彿在想著『為什麼要這麼天真的相信我隨口說說的話呢』……一次又一次我終於發現，這世間的人們要的並不是『真正的孟晨』，而是他們所想要的孟晨，我讀過妳寫的故事，很真，但因為太真實反而會被看穿是假的，所有編撰故事的人都是這樣，把自己想要的投射在上頭，妳想要的，也許是一個接近現實卻不會被毀壞的想像。」

我的手不自覺握得死緊，想轉身逃走雙腳卻不聽使喚，孟晨什麼也沒有對我做，但我的心卻有種被刨刮的痛楚。痛。一層一層的疊加。孟晨的口吻太過平淡，沒有起伏的闡述卻讓蘊藏的傷害無限擴大。

擴。大。

孟晨忽然扯開笑。

單純而燦爛。

「嚇到姊姊了吧。」他往前踩了一步，親暱的圈住我僵硬的肩膀，「以我的外貌跟實力不去當演員實在太可惜了呢，但是我爸說我進演藝圈他就要打死我，唉，所以只能讓大家覺得遺憾了。」

「你——」

我分不清是真的或是假的。

「姊姊沒有印象嗎？那是妳自己寫過的角色耶，我把妳全部的書都讀完了喔，為了表示我的用心才賣力演出耶，沒想到姊姊居然完全沒有察覺。」孟晨得意的笑了出來，「不過那也是啦，畢竟我的演技實在太好了——」

突然我奮力將他甩開。

憤怒。

確實是這樣的感情。

還混著一抹自己居然當真的懊惱。

「這樣耍人很有趣嗎？」

「我只是想跟姊姊開玩笑嘛。」他不死心又湊了過來，「不要生氣了嘛，笑一個，好嘛，姊姊要笑才漂亮啊。」

「走開。」

「我不要。」

「你——」

「我只是想引起姊姊注意啊，不然妳都只看著帥氣哥哥。」孟晨以可愛的模樣嘟著嘴，「我可是說真的喔，從剛剛宣告的那一秒開始，我就已經喜歡著姊姊了。」

「如果覺得無聊，這世界上有各式各樣的事情可以從事，不要拿我當消遣。」

「我很認真。」

「不管你認不認真都不關我的事，讓開，我要回家。」

這次孟晨順從的往旁邊跨了一小步，攤開手表示他不會繼續阻攔我的去路，然而在我移動的起點，他的聲音又清脆的落下。

「一個人的喜歡是沒辦法被否認的。無論怎麼逃避那份喜歡終究在那裡。」

我加快腳步，他卻也放大了音量，「這是姊姊的書裡我最喜歡的句子呢。」

根本就是被耍著玩。

我氣憤的捶打著無辜的枕頭，完全分不清全身的熱燙是由於激烈的運動或者滿腔的怒火，抓起枕頭奮力的摔打，怒氣彷彿無止無盡的湧出，消耗的只有體力和水分。

「怎麼會有這麼討厭的人！」

最後一擊枕頭被蠻力扔往牆壁，發出悶重的響聲後癱軟的落下，我重重的吁了口氣，倒臥在凌亂的床榻上，虛脫般的瞪視著天花板。

「把那傢伙的話當真，我也應該要檢討……」

翻過身趴在床上，熱燙的身軀稍微降溫了些，說不定這是天譴的一種表現法，畢竟我也未經孟晨同意便擅自將他的形象套用在藍忻身上，被他反用我故事裡的角色以及台詞捉弄，簡直是老天的惡趣味。

「啊——」

重重的呼了口氣，缺乏運動的身體在方才劇烈的消耗之後完全提不起勁，沒有拉緊的窗簾微微透出縫隙，小夜家的燈光亮著，但縫隙太小什麼也看不見；我癟著嘴，像是要逃避一樣滾了兩圈，身體撞擊牆壁後停了下來，冰涼涼的觸感讓我冷靜許多。

細微的。

我沒辦法否認，除了憤怒以及懊惱之外，我的體內還有一份被掩蓋的情緒，像鬆了一口氣般，有那麼一點慶幸，自孟晨口中被拋擲而出的話語是他準備的台詞，而不是他所經歷的現實。

心情有點複雜。

身體像被切割一樣，一部分堅定的認為「那傢伙根本就是個愛裝熟的任性小鬼」，但一部分卻又由於他的熱絡積極而接受了他；這讓孟晨變得難以歸類也難以定義，既不是朋友，也好像跳過了陌生人，更荒唐的是他突如其來的告白。

告白。

我簡直不知道該怎麼說明，儘管從某些角度來看，比起一般世間上腳踏實地辛勤生活的人們，孟晨更近似我所熟悉的動漫角色，但我這麼乾脆合理的接受他不合邏輯的行動好嗎？

不好。一點也不好。

但這種事就算理智上明白，發懶又嫌麻煩的腦袋還是下了「隨便他吧，順其自然就好」的不負責任指令，更糟的是，心情上得到「啊、塵埃落定了吶」的結論後就完全鬆懈下來了。

「我好墮落……」

但人才不會在發覺自己正在墮落時就奮而起身大喊「我要振作」，百分之百會想著「既然我就是個墮落的人那也沒辦法」而任憑自己往下沉，總有一天會到底的，那時候再決定要不要游上岸就好。

於是我開始被阿Q式的安心感包覆，眼皮也一點一點加重。

窗簾輕輕飄動，我忘了關窗，模糊的人影似乎定格在原地，但我無法分辨，好睏，類似夢的影子緩慢攫獲了我，逐漸——

好吵。

我才剛夢到小夜的手解開楊修磊的第二顆釦子，纖長的手指還擺在那兒，差一點、差那麼一點就要……

「啊啊啊，吵死了——」

刺耳的門鈴聲拚命的響著，彷彿要與整個世界為敵一般瘋狂的鼓譟，就連裹著兩層棉被也抵抗不了那可怕的高頻率。

我只能忿忿然的爬起身。

九點半。這一年多來我第一次錯過小夜的早晨。迷迷糊糊的起身，壓根兒沒有多餘的腦細胞能夠想起「我根本沒有一大清早就來按門鈴的朋友」，但我還記得先掛上門鍊，打了個呵欠後多了百分之零點三的清醒，我以軟趴趴的手慢慢將門拉開。

啊、我好像在夢遊吶。

瞇著眼我端詳著眼前燦爛的笑靨，真是花一般的可愛少年啊，半夢將醒之際望著這幕春光也是極好的，一邊想著我不自覺泛開了微笑，手還搭在門板上，愣愣的發傻。

「姊姊看見我很開心吧。」

「嗯……」

頭點到一半我瞬間清醒過來。

這不是夢。也不是夢遊。不需要拿頭去撞門就能知道這是真的。我已經不能明白這究竟是上蒼殘忍還是眼前的少年殘忍了。

我感覺全身無力。

體內很不爭氣的湧出「算了放棄吧以我這種狀態敵不過這個精力旺盛的有病少年的」，我簡直是用自暴自棄的態度在面對散發刺眼光彩的孟晨。

「你又想做什麼？」

「送早餐來啊。」孟晨拎高散發致命香氣的紙袋，紙袋，果然是會玩弄人心的小惡魔，完全不讓人能事先推敲指袋內的內容物，「送早餐是追求的第一步，姊姊就開門吧。」

「我不要。」

「就算姊姊拚了命掙扎抵死不從最後還是會開門讓我進去的，差別只是在於花了五分鐘或是五小時，但就算是五天，我也還是不會放棄。」

他說得沒錯。

但人吶，縱使明白即將到來的結果，抵抗五分鐘和五個小時對個人而言是完全不同的，至少在說嘴的時候可以更理直氣壯的拍胸大喊「我可是頑力抵抗了五個小時、整整五個小時喔」。這是自尊問題。

「我的房間裡有超過一星期的存糧，這種程度的威脅我才不會買單。」

「當然。」孟晨果斷的點頭認同，彎下身從隨意扔在地上的包包裡掏出一把微妙的鐵器，「所以我帶鉗子來了，只剪門鍊比踹開整扇門輕鬆一點，修理起來也比較便宜。」

這少年、腦袋裡到底裝了些什麼啊？

這些年來我一直堅持「角色的任何舉動都要合情合理、不違背常識」的原則到底是為了什麼？

所謂的現實，遠比故事情節更為曲折離奇，例如不是水電工卻隨身攜帶鉗子的少年，又例如右手舉著鉗子左手晃著早餐的少年，我無奈的嘆了口氣，簡直像馴獸師一手拿鞭子另一手拿美味的肉一樣，既然如此，反正結果都是一樣的，直接選肉是最輕鬆的途徑了。

自尊算什麼。

鼓著臉頰我一邊哼氣一邊將門關上、拉開門鍊，最後不甘願的拉開門。

少年大搖大擺的闖了進來。

好歹也是單身女子的閨房，不能多顧慮一些、多猶豫一些嗎？

「早餐都快冷掉了。」少年把看起來相當誘人的三明治擺在桌上，用著足以擊潰萬千小狼狗的可愛粲笑招著手，「雖然就算是髒髒的姊姊我也喜歡，但還是要先刷牙洗臉喔。」

「髒、髒髒的……？」

想回嘴卻突然發現自己昨晚沒洗澡就不小心睡著了，身上還穿著昨天的外出服，這比穿著和前一天同套衣服走進辦公室更無地自容，我好想哭，但肚子又好餓，皺著鼻子我用力的瞪他一眼，下一秒便抓起披掛在架子邊的衣服直衝浴室。

猛力旋開水龍頭接著胡亂把衣服全部脫光，為什麼為什麼為什麼，為什麼我要被一個沒常識的少年同化成一個沒常識的女人呢？

拋下第一次進門的異性自己跑進浴室洗澡這種事，根本是這個那個的前奏……人家寫故事的時候明明發展到這種情節都是豔麗的玫瑰色又帶有某些讓人羞怯的氤氳，但不是，現實才不是這樣，就跟男朋友什麼的根本不可能在路上撞到一樣，小說都是騙人的！

而且更糟糕的是，我就是那個騙人也騙自己的壞人——

帶著濕漉漉的頭髮我不甘不願的踏出浴室，彷彿要轉移注意力一般我拿起披在肩上的毛巾胡亂擦拭，明明就是我的住處，到底為什麼要淪為莫名的異次元？

少年還在招手。

走到一半就被他拖著往前，略顯強勢的將我按往椅子，將三明治塞進我的手中，雖然這裡只有我和他，但我還是要強調「是這傢伙硬把三明治塞進我手裡而不是我主動拿的喔」，順從的咬下三明治絕對不是因為我很餓，而是避免孟晨想來一場餵食秀。

沒錯，我會把這個「事實」寫進日記裡。

「姊姊真像小孩子呢。」

「才不想被你講。」

孟晨走到我身後，趁我還來不及反應就替我擦起濕答答的頭髮，我突然有些吞嚥不下食物，灌了兩口鮮奶茶好不容易舒緩了些，心跳卻不受控的開始加速。

「不把頭髮弄乾會感冒的。」

一個男人替一個女人仔細的擦著頭髮。

不要想。專心吃三明治就好不要胡思亂想。我的手微微顫抖著，從來我就沒有經歷過這種事，如果要列出「讓少女心完全炸裂的前十名」，擦頭髮這件事，說不定比背後抱還要威力強大。

「姊姊為什麼都不理我？」

「我爸說，吃東西不能說話。」

「可是妳在四季都邊咬著餅乾邊說話耶。」

「正餐跟點心不一樣。」

「是嗎？」

孟晨沒有繼續追問，只是寵溺的笑了，寵溺，多麼可怕的詞彙我居然用得那麼順；這次我一口氣灌完整杯鮮奶茶，心跳還是沒有緩和的意思。

「不對，你為什麼知道我家在哪？」

「跟蹤啊，姊姊都沒發現實在太缺乏警覺心了。」

「什麼？」

「如果跟蹤姊姊的人不是我的話，姊姊說不定就被壞人欺負了。」

他輕輕敲了我的頭頂，我實在不願意去想「輕敲女孩腦袋」這件事也是「讓少女心完全炸裂的前十名」之一。

「不要合理化你的犯罪行為。」

「如果喜歡也是一種罪的話，那我會認的。」

「什、你說什麼？」

這又是哪來的台詞？

「姊姊的小說也有這段話喔，看來妳好像滿喜歡這種角色設定的。」

從我書裡來的？

難怪會這麼正中我的小心臟。

「那、那只是情節需要……」

「可是姊姊的臉頰好紅呢。」孟晨彎低身子，讓臉頰輕輕貼靠在我的頰上，涼涼的觸感卻讓我的身體更加燥熱，這、這是犯規，這次我想起來了，上一本的男主角做過一模一樣的舉動……「說謊是會受到懲罰的喔。」

不要想。

無論如何都不要去想。

我記得男主角說完這段台詞之後就抓起女主角親下去——

「姊姊在期待什麼嗎？」

「你離我遠一點。」

猛然起身我往後退了兩大步，沒辦法我的房間太小，兩步就已經讓我的背抵上冰涼的牆壁；孟晨再度扯開單純無害的笑容，緩慢朝我逼近。

接著，右手斷然的抵上牆，再來是左手，完美的將我封鎖在他的領地裡頭。

我再也不要列舉「讓少女心完全炸裂的前十名」了……

「姊姊放心，我會慢慢來。」

「什、什麼……？」

孟晨傾下身子，鼻尖若有似無的刷過我的，我的心臟簡直要罷工，這種場面就算想像過一千萬遍也比不上一次實際體驗；我的腿有些發軟，不、是真的軟了，但在我幾乎要支撐不住的瞬間孟晨往後退了一步。

「再不走會錯過面試，結束之後我再打電話給姊姊。」

萬惡的孟晨摸了摸我的頭後便瀟灑的轉身離開了。

「這到底……」

一股強烈的虛脫感朝我襲來，明知道孟晨這傢伙跟「正經」這兩個字完全沾不上邊，也拚命告訴自己「這傢伙正在玩弄妳」，但我的感情卻還是被翻攪得一塌糊塗。

終於我滑坐在地板上，腦袋還不小心撞上牆壁，摀著心臟我一口又一口的吐著氣，不行，我一定得逃走，不能坐以待斃非走不可。

但在那之前，我大概得花上三個小時才能讓心臟恢復正常。

06

我又和我的小背包來到了遠方。

這次的遠方比韓凜家遠一點，我搭了捷運又轉了公車又爬了三層樓才抵達我姊的門前，但沒有敲門的必要，這時間點她還在公司，撈出背包底層的備用鑰匙，我乾脆的將鑰匙插進鑰匙孔——

什麼？

這怎麼回事？

為、為什麼鑰匙插不進去？

陶安妮這個狠毒的女人！

「真的不畫給我嗎？」

「妳要我以後只要一看見景天哥就想起襯衫底下的內容物嗎？」

「又沒關係。」

「明明就有關係！再說，要圖做什麼？妳想看就直接扒開來看就好了啊！」

「唉，現實跟理想還是有落差的嘛，我也需要一點什麼來想像，最好是烙印在我腦中，只要燈關上我就——」

「不要對我說那麼細節，總之，不要，我絕對不要。」

「是嗎？那我要把我住處的鎖換掉。」

「反正我還有韓凜家可以去。」

「好啊，如果想要新的備份鑰匙，不、如果想要進門，就拿圖來換。」

我姊的說到做到簡直無人能及。

癟起嘴我無奈的用小腦袋撞了兩下冷硬的咖啡色鐵門，像擊鼓鳴冤的孤女拍打著門扉，但除了手痛之外得不到正面效果，還可能招來管理員大叔的關切；最後我只好放棄，雖然沒有觀眾但我還是以可憐兮兮的表情蹲坐在門前的地墊上，刺刺癢癢的硬毛扎著我的細嫩的小腿肚，但我已經沒有力氣繼續移動，環抱著雙膝我決定進入自怨自艾的小劇場。

一邊自怨自艾，我一邊掏出素描本跟２Ｂ鉛筆，我姊不是會心軟的類型，乖乖奉上景天哥的肌肉假想圖比較實際。

人生總是充滿磨難和磨練啊。

我決定這半年內都要避開景天哥了。

「陶米娜妳在做什麼？」

抬起頭恰好迎上我姊的修長漂亮的腿，她本來想踢我但一瞄見我抱著的圖就立刻蹲下身、笑容可掬的盯著我瞧，大發慈悲的想聆聽我和小背包離開家的理由。

「妳為什麼這時候回來？」

「這不重要。」

她攤開手，意思很清楚，我順從的撕下畫給她，畫到手之後她開心的站起身打開門，整個心思都集中在「要把圖貼在哪個顯眼的位置呢」，全然無視於我的存在。

最後她把圖貼在餐桌前。

真不知道陶安妮腦袋裡究竟都裝些什麼。

畫貼完了我姊才再度把注意力轉回我身上，豪爽的在我身邊坐下，不顧自己正穿著短裙腳就這樣擺上茶几，還順手抓了桌上的魷魚絲來咬。

「哪天妳的責任編輯絕對會封殺妳。」

「不是為了躲主編啦。」

被孟晨糾纏的代價就是文思泉湧，主編還破天荒的要我到哪裡旅行好好放鬆幾天，跟老是在電話另一端大吼「在交稿之前妳哪裡都別想去」的暴躁大叔簡直是兩個人。

我不禁打了個冷顫，主編的溫柔嗓音實在讓我心生恐懼，我寧可他以一貫的高壓姿態壓迫我，但、這樣的感想又有點自虐；果然，這世間確實存在著一種進退不得的關係。

「偷借高利貸嗎？」

「才沒有。」我搶過她手上的魷魚絲，斟酌著要不要吐實，我想暫時還是給個模糊的說辭好了，否則陶安妮絕對會直接把我打包快遞到孟晨面前，「就遇到一個很麻煩的人，不想花力氣面對他。」

「陶米娜。」

「又怎樣啦？」

「妳這種就是標準的短視近利，依藉逃避來讓自己得到短暫的安寧，但終究要面對的，整體來說，妳就是多花了『逃避』的時間和體力。」

「不是每個人都可以乾脆利索的滅掉對方好嗎？」我忿忿的撕咬了口魷魚絲，不得不承認比起成天欺壓我，安妮的勇往直前更壓迫著我的人生。「大多數的人，對，跟妳不一樣的那種大多數的人，都需要時間來調整心情和找尋合適的面對方法，又不是說不解決事情，只是暫時替自己找一點餘地而已……」

「隨便妳，反正不關我的事。」安妮涼涼的說著，「但妳的不良紀錄一堆，像是把不喜歡吃的食物塞到抽屜最深處一樣，它終究在那裡持續酸敗發臭，最後捏著鼻子清理黴菌會不會比較輕鬆愉快。」

「反正妳不要管我。」

「我才沒時間管這些。」她邪惡的咧開唇角，「老是逃避總有一天會撞到牆壁。」

「要撞也不會撞妳家的牆。哼哼哼。」

「隨便妳，我要出門了，地順便掃一掃。」

「我才不會幫妳掃。」

我姊沒有理會我的反抗，自顧自的拿了文件和提包就出門了，我吐了口氣癱靠在沙發上，老是逃避總有一天會撞到牆壁，陶安妮總是這樣拿起針精準的便往我的痛處戳。

但我在逃躲些什麼？

怕被孟晨牽著鼻子走嗎？

還是怕掉進孟晨捧上的喜歡裡頭？

又或者，是怕孟晨表現出的喜歡不過是另一場玩笑？

重重的吐了口氣，我很清楚，我是怕把孟晨的喜歡當真，因為我不那麼堅定的心已經開始動搖，而那不安的搖晃之中，我很害怕一旦自己伸出手，卻又發現那其實不是真的。

然而人生中有無數種時刻人會拚命祈求「希望這不是真的」，令人遺憾的是，那往往都是真的。

我好想把頭埋進飯碗裡。

扭捏不自在的坐在餐桌前，儘管面前擺著安妮煮的美味餐點我依舊一點食慾也沒有，斜對面的景天哥神色有些複雜的給我個淺笑，全場大概只有陶安妮怡然自得的催促大家快點動筷。

安妮一算準景天哥下班時間就打電話向他炫耀「我拿到圖了喔」，還軟硬兼施的要他前來「現場觀摩」，我實在弄不懂安妮究竟是純粹的惡趣味，或者是蘊藏著磨練身旁人們心智的苦心。

我嘆了一口氣，拚命告訴自己不要去想「我想像出來的景天哥肌肉圖就貼在旁邊的牆上而景天哥真人正滿腹無奈的坐在我面前」，但現實比想像中的無奈還要更加無奈，越是努力逃避某個想法，那想法就變本加厲的糾纏自己。

沒辦法，只能拿出終極兵器了。

於是我像是自己挖陷阱接著自己縱身往下跳的笨蛋一樣，讓孟晨大剌剌的踩進我的腦袋。

無須費力，因為孟晨打從一開始就擺在最近的位置 stand by，連 cue 他的動作都還沒完成，他就自動自發的冒了出來。

「從這一秒鐘起，我要開始喜歡姊姊妳了。」

孟晨的聲音清晰得不像是回憶，我幾乎要抬起頭確認他是不是就在身旁，好吧，我是不小心抬頭了，但一瞥見景天哥的下巴線條我又迅速的低下頭，繼續墜回無底的陷阱裡頭。

我要。開始。喜歡。妳。了。

比起孟晨各式各樣鬧騰的話語、撩撥人心的言辭，最初的這段宣告始終是翻攪我思緒的主因，他的姿態太過斷然而乾脆，筆直的穿透人心。

在我的認知裡頭，人可以忍耐或者壓抑自己的感情，卻無法任意決定自己的心意，於是愛情產生了諸多無奈，卻也由於那身不由己而加深了宿命性。

但孟晨的神情沒有一絲猶豫。

「陶米娜妳在發什麼呆？」

「喔，沒、沒有。」

「去洗碗。」安妮微微側身朝向景天哥，「你去打包垃圾。我要去晾衣服。」

俐落的分工後我乖順的捧著碗盤走進廚房，旋開水龍頭嘩啦啦的水聲旋即包覆著我，碗盤碰撞的聲響，和塑膠袋摩擦的聲音，最後是男人溫厚的話語。

「安妮擔心妳。」

「我知道。」我無聲的吐了口氣，「因為我從小就容易鑽牛角尖，所以安妮每次都拚命支使我、欺負我甚至找我吵架，大概是想讓我轉移注意力，可是這次我沒有不好，只是有點不知所措，待在原地怕自己會做出不好的決定。」

「聽起來像是感情問題。」

「嗯。」我癟起嘴，「你不可以告訴安妮我才要告訴你。」

「我很守信用的。」

我抬頭盯著景天哥一段時間，他誠懇的表情沒有一絲動搖，雖然他有被安妮同化的可能性，但姑且我還是決定相信他了。

「有人說喜歡我，大概是大學剛畢業的男孩，但我在乎的不是年紀，而是……我沒有辦法判斷他所說的喜歡是真的還是假的。」

「為什麼？」

「因為太突然了，而且沒什麼道理，加上他態度很戲謔，還有——」

「還有什麼？」

「我……」我壓低了音量，幾乎是喃唸的程度，「我怕會受傷。」

景天哥輕輕點了頭。

「既然妳一開始就考慮受傷的問題，這種人反而更會保護自己，感情的事任何人都給不了建議，但想找人依靠的時候，我和安妮都在這裡。」

「嗯。」

安妮如怪獸般的腳步聲誇張的逼近，打斷了我和景天哥的對話，他悶笑了聲，安妮果然是安妮，一點也不細膩，用這種粗魯的方式宣告「我要靠近囉」簡直就是欲蓋彌彰。

「陶米娜妳為什麼把我的魷魚絲都吃光了？」開始了。

安妮的「以找碴代替安慰」行動開始了。

但更殘忍的還在後頭。

是我身旁的這個男人居然露出愉快的微笑，一臉幸福的對我說：「安妮真是可愛呢。」

真是刺眼。

我在安妮家混了三天半。

她除了支使我做各式各樣的雜務以外沒有任何的探問，我姊的個性特別直爽，我說了「不要問」她就真的不問了，小時候我會耍脾氣對她兇，喊叫著「叫妳不要問就真的不問了嗎」，我當然明白自己非常任性，但大多的人都是如此，一邊擺出抗拒的模樣，骨子裡卻又期待著對方撬開自己的防備，明明該檢討的是自己，卻一股腦的埋怨對方。

但我姊的精神力超越了這一切。

「既然自己叫人家不要問，就要承擔別人真的不問的後果，承受不了的話就自己開口說，這世間沒有那麼多有空的人在那裡陪妳扭扭捏捏。」

稍微大一點才知道她面對很多次類似的指控，我姊沒有任何錯，卻被指責過於無情，起先我以為她不在意，畢竟她總是強悍而直率的面對所有人，直到她闖進我房間抓著我哭的那個晚上，我才真正深切感受到，無論多麼堅強的人都有脆弱的一面，而安妮最強悍的一點，就是她從不掩飾自己的脆弱。

但要一個人攤開自己的脆弱，對我而言實在是太過艱難的一件事，所以我三天兩頭像隻縮在殼裡的烏龜，憑藉著硬殼保護，卻又很清楚，一旦哪個人（特別是陶安妮成天身體力行）伸出腳將我踢翻，我就只能拚命揮舞著短短的四肢卻無法翻身歸位。

「男人嗎？」

「什、什麼？」

「昨天阿海打電話給我，說要確定妳的行蹤，阿海不是那種會干涉別人生活的人，所以我稍微問了一下，他也稍微說了一下。」

……稍微？

天知道你們兩個人的「稍微」有多鉅細靡遺。

「妳不要管我。」

「我才沒空管妳。」安妮打了個呵欠，無聊的翻閱著《with》，「我只是突然想起來，阿海好像說什麼那個孟什麼的已經蹲在妳家門口兩天了……」

「妳剛剛說什麼？」

「突然那麼激動幹麼？妳把手機關機不就是表示『不管發生什麼事我陶米娜都會逃避到底』嗎？既然如此，就沒有必要在意啊，又不是被闖空門，就只是有人睡在妳家門口而已。」

「少說得那麼輕鬆——」

「本來就是，妳有逼著他喜歡妳嗎？妳有逼著他睡在妳家門口嗎？沒有吧，而且也沒有必要為了手機關機覺得愧疚吧，如果是妳媽還有火大的理由，但就只是一個陌生男人，沒有必要對他負責吧。」

陶安妮這番冷酷無情的論述一點錯也沒有。

但正常人都狠不下心這才是重點。

站起身但安妮卻扯住我的手，「妳現在去了，就是給對方希望，讓他多睡個幾天也不會少幾塊肉。」

「我知道——」

「就算假裝妳只是剛好回家也沒有用，因為妳知道妳不是。」安妮鬆開手，仍舊一臉意興闌珊，「但這是妳的事，就算最後因為心軟搞得亂七八糟也還是妳自己的問題，找我哭無所謂，衛生紙很便宜我不會跟妳收錢，但沒有人能幫妳解決問題。」

安妮的溫柔一如既往的粗魯。

我進行了兩次深呼吸，像是下定決心般，這三天半我一邊逃避一邊思索，我不能肯定孟晨的喜歡是不是真的，誰也不能肯定另一個人的喜歡是不是真的，唯一能確定的只有自己心意。

孟晨，我並不討厭。

能走到什麼地步我無法預料，但至少，此刻我的逃避單純是不知該如何面對孟晨的感情，而不是煩惱如何拒絕他。

喜歡也許就是必須這樣一步一步往下走，一點一點慢慢確認的事吧。

「我要回家了。」

「備份鑰匙在電視旁邊的玻璃罐裡面。」

安妮沒有看我，繼續讀著她的雜誌，我把東西收進我的小背包裡，撈出玻璃罐裡的備份鑰匙，緩慢卻踏實的往外走去。

□

更新。019

藍忻坐在楊修磊的面前。

熱燙的咖啡飄送著濃郁的香氣，彷彿他，也彷彿楊修磊。

他盯望著楊修磊俊美無儔的臉龐，抿緊的唇透露著冷硬的沉默，他們之間有太多話必須說，卻也沒有任何話該說。

他們是同一類人。

藍忻忽然強烈的明白這一點，對於阿夜，對於愛情，甚或對於這整個世間，他和楊修磊本質上太過相似，於是他和他都難以容忍另一個人的存在。

並不是由於相似，而是因為他和他選擇了兩條截然不同的路途。

「這不是我和你第一次見面。」

藍忻開口了。

蓄意用著輕快的口吻刺痛著楊修磊的精神，他蠻橫的踏進屬於楊修磊的場域，這裡充斥著許許多多阿夜與楊修磊相愛的回憶，他不能容許這一點；於是他帶著殘忍的惡意試圖撕裂這一切，讓屬於他們的記憶染上他的顏色。

「我和你沒有什麼話好說。」

「我也沒有。」

藍忻輕輕笑了，楊修磊幽黑的眼眸中沒有能被解讀的情感，儘管面對著試圖奪去阿夜的人，他也不肯給出一絲動搖。

如果當初他能如此堅定，會不會他就不會成為此時此刻這個殘忍的藍忻了？

藍忻的唇畔勾起嘲諷的淺笑，楊修磊的堅定動搖了他的心神，他的指尖來回滑過杯緣，藍忻沒有拿起馬克杯啜飲的意思，一點也沒有。

打從一開始，擺在他面前的這杯咖啡就註定是種犧牲。

犧牲。

愛情裡也有這樣的人，打從一開始，就註定一無所有。

「不想問我阿夜的事嗎？」

提及阿夜的瞬間，楊修磊平靜無波的神情終於有了細微的顫動，他斂下眼，似乎在考慮著有沒有延續話題的必要。

最後低柔的嗓音輕輕滑出他的喉間。

「這是只有阿夜能給我的答案。」

「即使那是謊言？」

「就算是謊，也是他給的。」楊修磊扯了個似笑非笑的弧度，「要不要相信，是我的問題，從頭到尾都與你無關。」

「你還能像這樣佯裝無所謂到什麼時候呢？」

「我從來就沒有無所謂，但不管我感覺到多少波瀾，或者我和阿夜之間有多大的拉扯，都是我和他兩個人的事。」楊修磊的聲音冷冷刺進藍忻胸口，「你和阿夜兩個人的事，無論我抱持著什麼樣的心情，都還是你們的事，唯一我會做的，就是等他給我答案，而他的答案，也是唯一我會聽的話。」

藍忻抿緊唇，不發一語的站起身，最後斷然旋身離去。

他不明白自己此刻的顫抖是為了什麼。

藍忻以雙手環抱著自己，走過兩條街之後他隨便找了道灰牆支撐著自己的身子，粗糙冷硬的觸感不留情的磨過他的手臂，隱隱傳來的刺痛彷彿在提醒他的狼狽。

楊修磊的存在逼迫他想起彌封在深處的Ｈ。

那些日子他總是瘋狂的拉扯著Ｈ，追問著他的愛與不愛，然而無論Ｈ給出了什麼答案，藍忻總是無法接受那些言語，他反覆的懷疑H的愛，也反覆質疑著H的不愛；安撫與鞭笞，對藍忻而言竟或是相同的。

他和H的擁抱裡，早已染上了動搖。

最後藍忻開始撕裂所謂的愛，所謂的自己，每當迎上H那沾染恨意卻透著哀傷與愧歉的複雜眼光，好不容易做好的鬆手的準備便應聲碎裂，於是他又攢得更牢，將漩渦裡頭的每個人的頸項掐得更緊，一步一步往死裡走，讓所有人都沒有餘地也看不見退路。

那時的他究竟想得到些什麼呢？

不。

藍忻很明白。他並不是為了得到。而是為了讓所有人都得不到。

從某一瞬間開始藍忻便已明白，H的愛以逐漸分割移轉，也許他做些什麼能夠改變如此的流失，但又也許他耗盡了所有氣力也阻止不了這一切的發生。

他徬徨猶疑的主因或許便是如此，他怕，現實會給了一個「無論如何使力都拉不住H」的殘酷證明；但他也怕，走到最後驀然轉身卻得到「就是因為當初你不使力H才走遠」的答案。

藍忻進退不得。

這偌大的世間他卻找不到能容得他的一隅。

於是惡意的種子便在他的胸口萌芽，以不安，以動搖，以愛，以恨，以一切的一切作為養分，藍忻不想讓H恨他，也不願讓深愛的H陷入苦痛的深淵；但他所做的一切卻總和自己的冀望背道而馳，他阻止不了自己。

藍忻便一邊恨著自己，一邊刨刮著他與H的愛以及血肉。

怎麼這時候又想起這些呢？

他揉壓著泛疼的太陽穴，楊修磊冷淡而堅定的臉龐一閃而過，彷彿另一道時間軸的倒影，從過去追趕他而來；藍忻斂下眼逼迫自己將種種的畫面拋開，他已經不是過去的那個自己了。

不是。

那裡已經沒有他能夠返回的原點了。

07

我緩慢的走到流浪漢面前。

地板上的孟晨簡直配備了流浪漢的全套裝備。鋪上一層厚紙板充當床鋪，明明劉尚淵家就在附近，他其實搬來幾件衣物禦寒也不費事，但他還是用兩張攤開的報紙蓋在腰間，腳邊擱著一瓶兩公升裝的礦泉水還有一袋裝著水果和零食的塑膠袋；視線轉了一圈，最格格不入的就是他手邊的 iPhone 和行動電源。

我不自覺嘖了一聲，但流浪漢是不會被如此細微的聲響給驚擾，我很想伸腳踹孟晨兩下，但他似乎睡得很沉，實在不忍心打斷他的夢境，最後我蹲坐在他身旁，拿出手機等著孟晨醒來。

五則訊息跳了出來。

都是孟晨。

「姊姊手機沒電了嗎？剛剛去過姊姊家沒有人，我晚上帶晚餐過去，要等我喔。」

「我等了好久姊姊還是沒回來，如果看到打電話給我好嗎？我好擔心妳。」

「拜託阿海哥聯絡姊姊也聯絡不上，姊姊如果沒事拜託回個訊息給我好嗎？我整晚都睡不著覺，只要確認姊姊平安沒事就好。」

「姊姊在躲我嗎？」

「沒關係我會等到姊姊回來。」

咬著唇濃重的罪惡感和愧疚朝我襲來，我不知道孟晨是多麼擔心焦急，也不知道他從那些焦急裡得出「她在躲我」的答案時有多麼失望與無奈，更不知道他究竟下了多大的決心才會守在一個躲避他的人門前。

——對不起。

孟晨會生氣吧。

細微的動靜打斷了我的思緒，孟晨掙扎了幾下才緩慢睜開眼，抿著唇我等著他蹙起眉、等著他眼底的憤怒，但沒有，這些都沒有。

孟晨揚起燦爛的笑容。

「姊姊回來了啊。」

這一瞬間我好想哭。

彷彿見到一個好傻好傻的男孩，縱使對方惡意的逃躲，甚至拿把無形的利刃往他心口扎，他卻還是擺出那張純淨的笑臉。

我伸出的手帶著些許顫抖，我想對他好，強烈的衝動湧上心頭，我輕輕摸著他的頭，他唇邊的粲笑反而斂了下來，有些不解的張望著我。

有點心疼。

我想起我也曾經寫過相似的橋段，男人受過太多傷，那些苦痛抹去了他所有的想望與期待，於是他再也不怕任何的失落與鞭笞，那對他而言不過是一種必然的結果；然而當另一個人小心翼翼的對他好，他反而納悶了，因為那是他早已捨棄的冀望——

想太多了吧。

應該。

至少我希望是我想太多。

但我還是替他說了個謊話，又或許是為了我自己，我不很清楚，只知道或許這麼做會好些。

「不想接主編電話所以關機了。」我不自在的撇開眼，說謊這種事我不是很擅長，「因為他放狠話說要來破門押著我趕稿，所以我就跑到我姊家避難了……」

孟晨忽然撲了過來，將我摟抱得死緊。

「姊姊沒事就好，我好擔心妳。」

「就、就說了沒事……」我試著將孟晨推開，卻不敵他的蠻力，「先放開我，你的鬍碴一直磨到我的臉頰——」

孟晨又故意的磨蹭了我幾下，大概睡在地板久了讓他產生了自己或許是貓的身分認同混淆，最後他終於滿意的鬆開我，一雙晶亮的大眼卻仍舊緊盯著我。

「看、看什麼……」

「想確認姊姊真的回來了。」

我的心跳漏了一拍。

不是臉紅心跳的那種，但我說不上來，一時間掌握不住那微小的情感是些什麼，我只是顫顫的伸出手輕觸了他的左頰。

不知道該說些什麼，最後超出我預期的四個字緩緩逸了出來。

「我回來了。」

這傢伙就是會得寸進尺的類型。

好說歹說他才回家洗了個熱水澡又整理了儀容，不到一小時旋即像跟我家門板有血海深仇般猛烈敲擊，我才剛拉開門他就闖了進來，現下大剌剌的坐在我的床緣，還自在的拍拍身側的位置示意我坐下。

我想，這整件事最大的問題大概就是我居然乖乖過去坐下了。

「姊姊好像有點不一樣了。」

「哪裡？」

「嗯……」孟晨偏著頭仔細瞅著我，不知道這時候覺得喉嚨乾渴是不是正常現象，「感覺。」

真是可以打遍天下無敵手的答案。

沒辦法反駁他，畢竟「感覺」這兩個字是詞窮時的萬能幫手，這不是道德問題，而是這傢伙讀完了我所有作品，難保他會不會又用我自己寫過的台詞或情節來捉弄我。

最後我沒什麼誠意的扯了兩下嘴角。

「你現在應該不是賴在我家的時候吧，趕快回去認真找工作。」

「找到了啊。」

「什麼？」

「嗯，我面試的三間公司都立刻打電話來讓我去上班，可是我還在考慮。」

「考慮什麼？」

「如果我去上班，跟姊姊相處的時間就變少了啊，所以我決定接受能讓我最晚上班的那間公司。」

「你不要拖我下水。」我站起身睥睨著孟晨，因為覺得這樣比較有氣勢，「要是真的想追我，首先就要有一份穩定的收入。」

孟晨抬起手握住我的，熱燙的溫度強烈而直接的傳遞而來，他勾起一抹很美好的微笑，美好到讓人過度鬆懈。

他猛然一扯，讓我失去重心跌往他的身上，他順勢往床鋪躺去，最後把手固定在我的腰後，就完成了一幅不合宜不適當不應該的曖昧構圖。

「這樣算是承諾嗎？」

「什、什麼承諾？」

「我可以理所當然的靠近妳的承諾。」

心跳好快。

但我掙脫不開。

「你、你先放開我再說——」

「不要。」

孟晨的雙手又收緊了些，沒有選擇我只能靠得更近，近得能清楚感受到他溫熱的呼吸撲打在我鼻尖，這瞬間我才過於深刻的體認到這狹小的空間內只有我和他，頓時我慌了起來。

「你……」

「我不會亂來。」孟晨安撫一般的輕聲說著，「但我好睏，就當作是我找到工作的獎賞，讓我抱著妳睡，嗯？」

孟晨的嗓音簡直趨近咒語，在我理解之前我已經傻傻的點了頭，他稍微翻身將我放在床上，調整了舒適的位置，很乾脆就閉上眼啟動睡眠模式。

不知為何他這斷然的姿態讓人有點胸悶又有些氣滯。

我搞不懂孟晨。

某幾個瞬間感覺他得寸進尺的姿態像是要掠奪走我的全部，無論我如何抗拒或者抵擋都沒有用處，然而只消我一個輕輕顫抖，他便停下動作並且給予「我不會再靠近」的承諾。

彷彿他、能夠精準掌握我的心思。

「你睡醒就要回你表哥家喔。」

「嗯……」

「不要裝睡。」

「妳好吵。」孟晨靠近了些將我的頭輕壓進他的懷中，「再吵我就會想辦法讓妳沒辦法說話。」

不要說話就不要說話。

孟晨平穩的心跳隱約震動著我的意識，或許我的動搖總趕在我的理解與接受之前，又或者是這世間沒有多少女人能夠抗拒孟晨的趨近，我不很明瞭，畢竟對於愛情我所擁有的想像太多，卻又懂得太少。

「你是、真的喜歡我嗎？」

無聲喃唸著這個問句，悠悠的揉進我的呼吸與孟晨的吐息，真的，我想著這兩個字，也許人總得走上一段好長好長的路途才能得到答案。

醒來的時候我的身旁是空的，孟晨貼心的替我蓋上了薄被，但除此之外我遍尋不著任何關於他的線索，我有些遲緩的坐起身，視線又流轉了一圈，有某種說不上來的惆悵感。

我想起我至少對安妮說過一百次「一個人睡床比較大還可以滾來滾去沒人跟我搶被子」，但這是一般論，因為會睡在我身邊的人只有安妮。

相同的狀況換上不同人便截然不同，人心就是如此殘忍而現實，我幽幽吐了口氣，也許我從頭到尾都低估了孟晨的影響力。對我。

「我好弱。」

一邊喝水我一邊檢討自己，差點忘了自己曾經堅決的立誓「我絕對不會再被哪個男人牽著鼻子走」，人就是這麼學不會教訓的生物。

忽然我發現書桌上貼了張粉紅色便條紙，上頭有著端正的水藍色字跡，雖然只有我一個人但我仍舊以過度小心翼翼的姿態逐步接近，瞇起眼試圖辨認句意。

——妳會打呼。

什、什麼？

我一個箭步抓起便條紙，來來回回又讀了三百次，妳會打呼，呼打會妳，這邊讀過來那邊讀過去都是這四個字沒錯。

「這個該死的孟晨，我才不會打呼，才不會才不會才不會。」

至少安妮說不會啊……

不行，我嚥不下這口氣，這已經超出捉弄的範疇，百分之百稱得上詆毀，如果以便條紙作為證據我甚至能夠按鈴控告他損毀名譽。

我飛速撥了孟晨的電話號碼，一聲、兩……第二聲還沒結束電話就被接通了。

「醒了嗎？」

「我才沒有打呼。」

「妳睡著了怎麼能那麼肯定？」

「總之沒有。」不管三七二十一，處理這種事的守則就是否認到底，「你不要亂說。」

「我一點都不介意啊。」

「我介意！」

「沒有。」孟晨濃濃的笑意透了過來，「妳沒有打呼，所以不要生氣了，我只是想讓妳一醒來就打電話給我。」

「那你不會在紙上寫『打電話給我』嗎？」

「這樣妳會打嗎？」

不會。

以我長期浸淫在動漫小說裡形塑的傲嬌又扭曲的個性絕對不會配合他，倒不如會堅定的認為「反其道而行才是我應該做的」，但我不想助長他的氣燄。

「反正話說完了，我要掛電話了。」

「我有點事要先處理，晚上去找妳，嗯？」

「隨便你，我絕對不會開門。」

「米娜。」

「做、做什麼？」

「沒事。」孟晨似乎有些欲言又止，但旋即被他輕快的笑語掩蓋而過，「不要太想我。」

08

夜比我想像的還要更深一點。

我稍微拉開窗簾，另一間屋子內只有劉尚淵，我沒有計數自己反覆來回了窗邊與書桌幾次，但最後燈熄了，依然沒有孟晨的身影。

晚上去找妳。

他是這麼對我說的。

我並不擅長分辨一個人說的話究竟是真的或是假的，決定相信某個人以後，對於他所說的話我大多都會相信，那像是賭注，因而如同起初孟晨對我的臆測，我總是和其他人保持著一定的距離。

因為我不懂如何分別，這個人會傷害我又或者這個人不會傷害我，最後只能以鴕鳥心態來面對整個世界。

差一點我就要選擇相信孟晨了。

就差那麼一點。

縱使只是他來不來這樣瑣碎的細節，都能動搖不安定的人心，我又確認了一次手機，像是抵達了不想到達的終點一樣，我關掉了房間大燈，只留下散發鵝黃色光芒的檯燈。

睡吧。

我起身走了兩步，體內的煩躁越發濃重，不要想了，躲進被子裡就好，但就在我即將碰觸到床鋪之際我還是轉身往回走了。

最後抓起手機洩憤般的撥了孟晨的號碼。

我是要罵他，才不是擔心他。

對，只要孟晨一接起電話我就要用各式各樣的內容數落他。

長長的響鈴。

彷彿無盡般冷冰冰的響著。響著。挑戰著人們的耐心，目的似乎不是為了連接兩者，而是讓某個人放棄連接。

在我幾乎鬆手的時刻電話被接通了。

卻沒有人說話。

預備好的內容一個字也擠不出來，本來想罵他的，但孟晨濃重的呼吸聲透了過來，像是在傳遞些什麼，彷彿這時候不緊緊抓住他不行。

「你……你自己說要來的，我沒有在等你，絕對沒有，只是要告訴你，我要睡了你不要再來吵我。」我的手不自在的絞著衣角，「不過，明天早上你是可以叫我起床，但如果你六點出現我一定會揍你。」

「……嗯。」

「還有啊——」

「米娜。」

不像孟晨的低啞嗓音緩慢的傳來，我的心不自覺揪緊，怎麼了嗎，你還好嗎，差一點就衝口而出，卻在喉頭哽住，化作淺而急促的吐息。

我以為他會說些什麼，然而醞釀許久的言語終究被嚥了回去。

「妳早點睡吧。」

「等一下。」我的身體動得比我的腦袋快，話都還沒說出口手就已經抓起了錢包和鑰匙，「你在哪裡？」

「嗯……？」

「我說，你、現、在、在、哪、裡？」

沉默。

一秒，兩秒，三秒——

「孟晨你最好立刻回答，不然我會把你這樣揍那樣揍最後從三樓扔下去。」

還是沉默。

但在我啟動第二回暴走之前他終於回答了。

「樓下。」他說，語調有些凝滯，「妳家樓下。」

沒時間去考慮孟晨為什麼要待在我家樓下不上來，人的舉動有各式各樣的理由，我可以替角色列出一百種情境，但沒有人能肯定自己所處的是一百種中的哪一種；總之，直接確認比較快。

「你不要動。」

我飛快的衝出家門，對於缺乏運動的我而言這實在是過於激烈，但我還是拚命的拖著遲緩的身軀往樓下衝，咚咚咚的巨大迴響撞擊著我的意識，我無暇考慮自己發出的噪音會不會惹惱鄰居，我現在才深刻的體認到，人會為了某個人而捨棄了所有的考慮。

只為了抵達那個人的面前。

孟晨站在門旁。

兩個人隔著約莫三大步的距離，我拚命喘著氣，他呆愣愣的盯著我瞧，彷彿正確認著眼前的光景；但忽然間像是誰切下了開關，他幾個跨步就將我攬進懷裡，緊緊的摟抱著我。

「……你，怎麼了嗎？」

孟晨沒有回答。

我想他是聽見了，但既不想說謊，卻也不想解釋，我嘆了一口氣，很夠意思的環抱住他，沒別的意思，只是為了表示我人很好。

但孟晨大概是誤會了。

他拉開了身子，彎下身，一點預告也沒有，就將滾燙的唇貼上我的。

據說這是我的初吻。

睜開眼我眨了三下，孟晨好看的睡容隔著一段非常近的距離，我想偷偷起身但他的手和腳橫跨在我身上，大概是把我當作抱枕；我無奈的嘆了口氣，沒想到軟趴趴的肉用處在這裡。

既然無法動彈我就姑且整理一下現況。

抿起唇我震了震腦袋，那段先跳過，昨晚孟晨彷彿另一個人一樣，既像憂鬱的男人也像受傷的男孩，他不發一語的抓著我並且盯著我看，沒有其他辦法我只好牽著他的手回家。

「我們回家吧。」

這麼對他說之後孟晨乖順著跟著我走，但交疊的手還是握得緊緊的，在四季那段分不清是演技或是真實的話語又衝了上來，以為是他的捉弄，卻越來越真實。

——無論妳希望的對方是什麼模樣，我都能夠成為那樣的人。

——因為，我需要走進一個世界，而在那裡頭的我，並不是我。

如果懷抱這樣的心思，不就太令人感到哀傷了嗎？

孟晨醒了。

以平板的表情直勾勾的瞅著我，似夢似醒的，最後他扯開無比燦爛的笑靨，再度回到那個我熟悉的樣貌，他像幼犬般蹭了蹭，直到我承受不住猛力掙脫他的摟抱。

「我要去洗臉。」

像要逃離現場一樣我快步走進浴室，迎上鏡子裡頭那張略顯慌亂的臉龐，我不敢問，昨夜的你，這四個字像禁語，但我也沒有足夠的忍耐力能夠承受他燦爛的笑臉。

胡亂的完成盥洗，冰涼的水稍微鎮定了我的精神，踏出浴室孟晨正拉開窗簾認真的端詳著不遠處的畫面，劉尚淵正脫去睡衣換上襯衫。

孟晨扯開貓膩的微笑。

「從這裡看出去的風景滿好的呢。」

「是、是嗎？」我盡力的克制住視線不要往劉尚淵的方向飄去，「因為討厭陽光所以我一直沒拉開窗簾，一直，沒拉開。」

「這樣啊。」

「嗯。」我重重的點頭，「陽光太可怕了，所以我不得不放棄窗外的所有風景，所有的。」

「那還真可惜。」

「大概吧。」

孟晨猛然拉起窗簾，房間內的亮度瞬間減了一半，他旋過身，帶著滿滿的惡意一步步朝我逼近，最後將我箝制在冷硬的牆面，以無法逃躲的目光凝望著我。

「我的身材也滿好的。」

「什麼？」

「如果妳想看的話。」

「我、我才不要。」

我拍開他正在解開自己第二顆鈕釦的手，但收手之後又有點後悔自己出手得太快，其實他解到第三顆或者第四顆都差不多，反正我都可以說「我有阻止他」。

但現在後悔也沒用了。

「我的佔有慾比妳想像的還要大，甚至也比我自己想像的還要強。」

「所、所以呢？」

「不能只看著我嗎？」

我的心臟每次都乾脆的背叛我。

孟晨傾身向前，輕輕將額頭抵上我的，溫熱的呼吸若有似無的撲打上我的鼻尖，我想推開他但手卻軟弱無力，最後反而扯住他的襯衫，像是要抓住他一樣。

「阿海說妳沒談過戀愛。」

「那、那又……」

「我可以給妳妳要的。」

抬起眼我望向他，我可以成為任何一個人，他這樣說，但那不是他，不是真正的孟晨，為了待在另一個人的身邊我們拚命扮演著某個角色，然而每個人都希冀對方看見的會是真正的自己，於是日復一日陷入兩者的拉扯；但孟晨，抱持的會是如此簡單的心思嗎？

不是。

那麼，孟晨想從我身上得到的是些什麼呢？

「我沒有想要什麼。」

「這樣，」由於靠得太近我看不清孟晨的表情，卻清晰感受到他說話時那細微的震動，「我能給妳什麼呢？」

「人最想要的，都是不能開口要的東西。」

我緩慢的閉上眼，什麼也不想看見。

而聲音從我口中安靜的滑出。

「孟晨，這樣就好，雖然不知道該怎麼說明現在的狀態，但我覺得這樣就好，不用勉強著一定要往哪個方向走，反正人就是這樣一步一步走著，我想，就像這樣走到哪考慮到哪就好；雖然我寫愛情，但我一點也不懂愛情，只是有些事我還是明白的，人不可能完全符合另一個人的想像，想長長久久的往下走，就必須連同那些自己不喜歡的也一起喜歡。」

孟晨沒有說話。

我終於發現其實他並不那麼擅長說話，任何必須吐露真心的言語，他似乎都不擅長。

於是他又再一次，將唇貼上我的。

這次，我終於可以很得意的說，這才不是我的初吻。

我好正向。

其實我談過一次戀愛。

但那究竟稱不稱上是一份愛情，也許等我到了一百歲也給不出答案來。

誰也不知道。

除了我姊以外誰也不知道。

我認真思考過，倘若自己以無比認真的口吻敘述那段感情，究竟會有多少人相信，但我沒有得到答案，因為我沒什麼實驗精神，結果到了現在甚至連我自己都會懷疑那是不是只是我的一場想像。

然而終究不是。

孟晨離開之後我翻找出塞在床底深處的鐵盒，裡頭有各式各樣我想逃避卻割捨不了的東西，像是我的大學第一志願申請未錄取通知、寫好卻沒有送出的情書、媽媽只買給安妮卻沒買給我的髮夾（最後安妮送給我但其實我要的並不是髮夾，而是對媽媽只買給安妮這件事感到難過）……東西並不多，畢竟每隔一陣子我就會因為要放進新東西而順便扔掉已經克服的舊內容物，每樣物品都隨意的擺著，唯有一包看不出端倪的紙袋被加封了三層。

越被密實掩蓋的，就越難被抹滅。

像是想把肺部所有空氣都擠出一般我用力吐了口氣，食指差點就觸摸到那包神秘物品，最後我卻還是抓起盒蓋迅速的蓋上；我明白我很在乎，但我真正所懷抱的在乎總是超乎我的以為。

裡頭，是學長寫給我的信，和十七歲生日時他送給我的髮圈，以及、一只他替我折的紙鶴。

事實上學長的容貌已經模糊不堪，至少是被柔了兩三次焦的程度，對於他的喜歡也早已消卻，但人割捨不下的偶爾並不是哪個人，而是他所賦予自己的某些什麼。

「米娜喜歡我嗎？」

和孟晨很像，學長開口的第一句話便讓人措手不及，稚嫩青澀的我什麼字眼也擠不出來，只能呆愣愣的凝望著學長的美好笑容，任憑他伸手揉亂我每天認真梳整的頭髮。

學長沒有繼續追問，但我和他開始擁有了許許多多獨處的記憶，說不出來的話語我就寫在紙上，他也仔仔細細的回信，我不知道該用什麼關係來定義我和學長，於是我在信裡那樣問了：我和學長，算是什麼關係呢？

他沒有回答，只讓我在午休到美術館頂樓，等在那裡的那個少年，我想，我一輩子都忘不了他燦爛的笑容。

「米娜，覺得和我是什麼關係呢？」

「我……我不知道……」

「我很喜歡米娜。」學長輕輕的笑了，我的手幾乎是無法克制的開始顫抖，「米娜喜歡我嗎？」

我用力的點頭。

學長以一貫的方式揉亂我的頭髮，用著無比燦爛的笑靨，拋出那時的我還無法清楚分辨深意的話語。

「不要告訴別人喔。」

「嗯。」

我聽話照做了。

事實上一開始我就沒對誰提過，也沒有想要大肆宣揚，但從學長口中滑出毫不保留的要求，當時的我並沒有察覺，不安的種子早已悄悄的萌芽，讓我對學長單純的感情染上越來越多複雜的顏色。

但我還是決定相信他。

日子沒什麼變化，我幾乎都要忘記他讓我保密的事，總之身旁也有許多偷偷談著戀愛的朋友，這個人、那個人拚命的炫耀著，卻始終不肯揭開謎底，當時的少女總是能輕易的接受這一切，秘密，這兩個字反而讓對方更加無可取代。

直到喧騰的流言狠狠撲打在我的臉上，我才不知所措的走到他的面前，怯弱的扯著他的衣襬，迎上他沉默的黑眸，許久，才擠壓出乾澀的問句。

「是真的嗎？」

「嗯。」

學長沉重的點頭擊潰了我所有的信心，當時的我也沒有想到，他的頷首也一併擊潰了我心底對於愛情的想像與信任，眼淚安靜的滑落，我不知道他是以什麼樣的心情走上前將我擁進懷裡，那總之，是我和他第一次的擁抱，也是最後一次的擁抱。

我什麼也沒問，結束彷彿就是那麼簡單的一件事，但王子般的學長接受全校最漂亮女生的告白卻始終是熱門的話題，每一天，每一天都挑戰著我的意志，也終於敲碎了我最後的理智。

忘了是什麼樣的場景，總之我踉踉蹌蹌的想躲到哪裡去，大概是恰巧被安妮碰見了，瞥見她朝我走來的模樣，我忽然想「為什麼要這樣拚命吞進所有秘密呢」，像捉住浮木一般，我什麼也都不考慮了，就扯著安妮瘋狂的大哭，亂無章法的把悶滯在胸口的一切擠了出來。

「我不知道為什麼，為什麼他明明說喜歡我卻還是接受另一個人的告白——」

「喜歡就是這樣輕易就能移轉的事嗎……？」

等我稍微冷靜之後，安妮卻沒辦法冷靜下來，她一把扯著我往頂樓走去，還在路途中隨意支遣了哪個人要他叫學長上頂樓，總之最後三個人以不協調的方式站在兩端。

「把話說清楚吧。」

「妳想要我說什麼？」

「那是你們兩個的事，不是我想要你說什麼，但米娜就是那樣的人，所以才會乖乖自己哭，我沒辦法忍受這些事，所以我問什麼你就乾脆的回答，不要顧慮米娜的感情，反正你已經做了最不顧慮她的行為了。」

「嗯……」

「你，喜歡米娜嗎？」

「喜歡。」

「那為什麼還要和那個校花交往？」

這個問題讓學長猶豫了很久，最後深深的望了我一眼，以少年特有的嗓音緩慢而文弱的說著：「因為所有人都認為我應該和校花在一起，從很久以前就這樣，因為我比較顯眼，所以喜歡的女生好像就不能太普通，我也清楚這種邏輯很奇怪，但我自己也克服不了，所以我喜歡米娜，可是又怕別人知道我喜歡她，被告白的時候其實想拒絕的，但身旁所有的人都起鬨著要我答應，我就……我知道說什麼都不對，但我好像還是選擇符合其他人的期待，既然答應對方的告白了，我就不能讓米娜繼續相信我……」

學長朝我的方向走近了幾步。

「米娜，對不起，就算妳一輩子都沒辦法原諒我也是我活該，但是，每當看見妳毫無保留的崇拜眼神時，我一方面會覺得很開心，另一方面卻又很嫉妒，雖然嫉妒自己這種話聽起來很莫名其妙，但我想，可能妳看見的，一直都是那個妳想像中的學長。」學長斂下眼，笑容顯得非常哀傷，「真正的我，並不是那樣的。」

張望著學長遠去的身影，我是真的喜歡你，這句話，我始終沒能對他說。

過了很久很久以後我才明白，當初最傷害我的並不是學長不敢讓其他人知道他對我的喜歡，也不是他最終選擇了眾人的期待，這不過就是現實的一環，我都能明白，也逐漸能接受；然而，學長卻也讓我明白，即使兩個人站得那麼近，也以無比認真的姿態凝望對方，卻仍舊能曲解了另一個人的喜歡。

於是從那一瞬間起，我開始沒辦法辨認，什麼是真的，而什麼、又是假的。

孟晨開始工作之後我和他的往來模式也逐漸固定下來，不知道是有心抑或無意，每天早晨他總是大剌剌的面對窗外更衣，但只要劉尚淵要進行晨跑他就果斷的拉起窗簾，接著他會打來一通電話，形式上是為了叫我起床，而我也會假裝自己還在床上滾，最後他會出現在門外粗魯的拍打著門板，直到我放棄掙扎的將門打開。

「不要關起門繼續睡。」

他會給我一個結實的擁抱，一個偷襲般的吻，最後像是為了獎賞我乖乖起床而摸摸我的頭遞給我一瓶溫熱的可可。

「我去上班了。」

說得像他是從我的住處出發一樣，但我也不知不覺養成了目送他出門的習慣，簡直是傳說中的十年養成計畫，但我不到十天就被馴化了。

我果然很弱。

午休時間他會抽空傳來簡訊叮囑我乖乖吃飯，健康營養的那一種，於是讓我只拿起泡麵就感到非常罪惡，甩了甩頭又把泡麵塞回食物櫃，讓櫃子裡的食物一次又一次刷新存活紀錄。

下班後孟晨會直接闖進我的住處，用著略顯疲憊的燦爛笑容說著「我回來了」，接著自在的窩進他自己佈置的角落，開始碎唸著「晚餐要吃什麼呢」的千古難題，然後我和他似乎就這麼理所當然的一起晚餐，理所當然的一起散步，理所當然的變成了「我們」。

當然，在差一點理所當然就讓他留宿的邊緣我還是把他趕回劉尚淵的住處了。

但我不很明白，這樣，就是戀愛嗎？

「在想孟晨嗎？」

「才沒有。」阿海輕輕的點頭，但楊修磊卻露出討人厭的淺笑，「笑什麼？既然你的角色設定是面癱就不要亂給表情。」

「陶米娜。」

「怎樣？」

「我知道妳跟阿海私底下在做些什麼。」

「磊哥哥在說什麼我怎麼都模模糊糊的呢？」我倒抽一口氣，阿海往後退兩步的姿態意味著楊修磊的話是真的，我旋即扯開討好般的笑，但楊修磊一點也不領情。「今天的咖啡一如既往的美味，真讓我感動，對吧阿海！」

「我去買點東西。」

楊修磊瞥了我一眼便瀟灑帥氣的離開吧檯，我鬆了一口氣後整個人癱趴在桌上，「他什麼時候知道的啊？」

「一開始。」

「什、什麼？」

「某次讀妳連載的時候被阿磊發現了。」阿海臉上掛著的無辜表情我突然覺得那表情正散發強烈的邪惡氣息，「不過阿磊不太在乎這種事，畢竟他一直都活在別人的想像裡。」

——別人的想像。

這幾個字讓我的精神頓時萎靡不振，想像，現在的我大概稱得上是個以「想像」維生的人，也蠻橫的把自己的想像加諸在那些與我無關的人身上，我總是告訴自己「反正我和他們不會有更多的交集了」，但那可能，也是阻卻我和他人進一步交往的原因。

我以想像的眼端看他人，卻又抗拒他人以想像的眼注視著我。

真是自私。

「我們，有哪個人不是活在別人的想像裡嗎？」

「是這樣沒錯，所以人才更希望能有一個看見自己真正樣貌的人，只是，最無奈的現實大概是，人所看見的自己，也只是一種想像而已。」

「那什麼才是真的呢？」

「妳認為是真的，就是真的。」

斂下眼，我盯著垂落的食指直到雙眼失去焦距，孟晨燦爛的笑靨滑過我的意識邊緣，他的面容如此鮮明卻又不那麼完全，離孟晨越近，我就越感到不安，那一晚的他，便是所有的種子。

「阿海，覺得孟晨的笑是真的嗎？」

「為什麼這樣問？」

「我不知道。」我扯了扯嘴角，但似乎不是很成功，「我很不擅長這些，所以別人表現出什麼樣子，我就會相信他是那個樣子，像楊修磊，一直冷冰冰的，所以我也不會有那種想親近他的心情，雖然也不是不能理解那些想接近楊修磊的人的想法，但我不是那樣的人，這種生活方式也沒什麼不好，反正對我好的人我對他好，對我不好的人我不要理他，如果朋友或家人想藏些什麼事我也不會探究，畢竟他們都有自己的出口，像安妮有景天哥那樣，可是這些好像都不適用在孟晨身上，一牽涉到他，我就會想，如果我也不問，那他是不是就沒有人可以說了，但如果他有其他的人可以依賴，我又會覺得有點難過，可是我又不敢開口，很怕踩到他不想提及的地雷，結果關係好像就這樣不上不下的，看起來好像一步一步在接近了，但越靠近孟晨，我就越能感覺到兩個人的距離……」

「米娜長大了呢。」

「這什麼感想啦？」

「有點感嘆，又有點欣慰。」阿海拍了拍我的頭，「因為在乎，才會考慮各式各樣平常不會思考的事，但米娜，很多事情想破頭也得不到答案，如果怕追問會傷害到孟晨，那就明白的告訴他，妳願意聽他說，而要不要把心底的話坦露出來，就讓孟晨自己決定吧。」

「阿海很擅長戀愛嗎？」

「不擅長啊，我可是被學妹甩掉的人呢。」

「這樣啊……」

「告訴妳一個八卦吧。」

「什麼？」

「甩掉我的學妹呢，就是邵謙的女朋友。」

「什麼？」我驚訝的跳下椅子，差點就要撲到阿海身上，「真的假的？你是說真的嗎？」

「天知道。」阿海很無賴的聳了聳肩。「很多事必須自己判斷啊。」

提著外帶咖啡我心血來潮的往孟晨的公司走去，出了捷運後我拐錯了彎，多繞了好大一圈才抵達 Google map 的終點，但居然是後門，而傳說中的後門則需要傳說中的通行證，很不幸，如果要打怪就得回頭找寶物，所以我也只能設法找到通往前門的路。

然後正當我擠進那根本不算通道的小巷時，後門開了，但我被卡住了，我努力掙扎卻在聽見孟晨的聲音之後停下了動作。

被卡在兩道牆之間的我什麼也看不見，只能聽著他低啞的嗓音，像唱著獨角戲一樣。大概是在講電話。

「我不去。」

「我已經說過很多次了，我不會再配合妳了。」

「對，反正妳就是認為我終究會聽話乖乖出現，但是這次我真的不會去，妳死心吧。」

「不要再打給我了。」

說話的聲音停了，隨之而來的是猛烈擊打牆壁的聲響，一次又一次，沉默卻喧囂，那該有多痛，我想著孟晨的手，卻也只能聽著他無聲的宣洩，直到他返回公司，我才扭著身體離開小巷。

而要帶給他的咖啡，早就涼透了。

我拿捏不準自己該做些什麼，但至少不是在這時刻興沖沖的讓他下樓就為了接過一杯冷卻的咖啡，於是我轉身踏上來的路途，一步一步往回走；然而每踏一步，孟晨以空拳擊打冷硬牆壁的聲響便盪過一次，反覆敲擊著我的腦袋。

直到我回到住處，依然找不到適合的表情。

——我不會再配合妳了。

——反正妳就是認為我終究會聽話乖乖出現。

我開始想像任何一個可能站在孟晨電話另一端的人，女人，我不願意往這個方向想，但念頭卻絲毫不受控制，於是我開始想像著一個女人，不是畫著鮮豔紅唇踩著七公分高跟鞋的那種女人，而是有著一張憔悴而蒼白的臉，以細碎的嗓音哀求著孟晨前去。

我會在這裡等你。

軟而哀戚的柔弱女聲竄進我的意識，我拚命的甩頭卻揮之不去，孟晨的掙扎與憤怒如此鮮明，那是他不曾在我面前坦露的真心，也或許、是我尚不能挑起的濃烈感情。

我想著他不會去，我想著希望他不會去，我祈求著他不會去，再過不久，門外便會響起熟悉的敲門聲，拉開門之後我便會迎上他的笑，聽著他說「我回來了」。

但響起的卻是手機短而急促的機械音。

孟晨傳來了則短而明快卻不帶任何說明的簡訊。

「我有點事，晚餐記得吃。」

短短的九個字卻一口氣抽離了我僅存的氣力，我就這麼呆坐在床沿，腦袋一片空白卻也一片混亂，衝突而矛盾的兩種形容詞揉合在我的中心點，既不能選擇這一邊，也無法走到那一邊，人便在來來回回之際消磨了大把大把的光陰。

而那之中，該說是有他，或者該說是沒有他呢？

我忽然發現自己覺得明白孟晨多了那麼些，他不想對我說謊，也不願意說出實話，便以難以挑剔的中性詞彙輕巧的帶過，他猛烈的憤怒卻顯得如此輕巧，他壓抑瀕臨炸裂的情緒卻顯得如此輕巧，他的一切一切都顯得如此輕巧，彷彿，沒有一個人需要承擔他的重量。

於是，他的重量便無人承擔。

「我等你回來。」

回傳了簡訊之後我突然覺得自己好沒用，什麼也不敢問，什麼也不能替他做，說是怕踩到他的痛點傷害到他，但我很清楚，自己是害怕會不會不小心踩上他的底線，而被狠狠的驅逐。

說到底，被我擺在前頭的，也還是自己。

我一夜無眠。

說不上在等孟晨，也不能說沒在等他，大多時候的我都無法肯定的將自己擺到某一邊，於是夜就這麼過了，我也就不去想自己是不是在等著他了。

安妮總說我在逃避，但如果人不掩面遮去些什麼，也許就不能好好待在另一個人的身邊了。

我想待在孟晨身旁。

無眠了一宿，至少是想透了這一點。

門外傳來敲門聲，我遲緩的爬起身，沒來得及思考自己憔悴難看的臉色，也忘了拴上門鍊，一拉開門，孟晨燦爛美好的笑靨像夢的殘影，讓我不自覺抬起手小心翼翼的觸碰。

「我買了妳喜歡的鮪魚三明治。」

「不用上班嗎？」

「今天星期六啊。」孟晨揉了揉我的頭，輕輕摟抱住我，「還沒睡醒嗎？」

孟晨沒有提及昨晚，一個字也沒有，彷彿我和他之間的記憶沒有昨晚這一塊，蹙起眉我仔細端詳著他的眉宇，我開始不確定，孟晨的笑是真的，或是假的。

於是我斂下眼。

也許，人都是這樣學會不去看另一個人，為了讓自己能長長久久的牽住對方的手，逼著自己扭頭而死握著那雙溫暖的手。

這樣是不對的。

但我賴進孟晨的懷裡，用力扯著他的上衣，我比自己以為的還要軟弱，孟晨對我而言也比我以為的還要重要。

「沒睡好，我想要再睡一下。」

「那我抱妳到床上。」

「這樣就好。」我將雙手收得更緊，用力嗅聞著他的氣味，「一下下就好，我只是還沒完全醒。」

「嗯。」

孟晨輕輕順著我的背，我一點也不擅長隱藏情緒，連我自己都感覺自己的舉止太過不自然，但孟晨也沒有任何探問；這一瞬間我才終於明白，我和他兩個人之間所圈畫的「我們」竟或是種歪曲的圓。

我緩緩退開，泛起不必想就知道難看的笑，「我肚子餓了。」

孟晨撥整了我散亂的瀏海，笑得很溫柔，而那溫柔裡有一絲也許能被稱為破綻的痕跡，或許我能從那縫隙稍微瞥見他的內裡，但我終究選擇了退卻，接過他遞來的三明治，安安靜靜的咀嚼著。

「今天，我們去哪裡玩吧，看電影，還是去吃下午茶？」

「我跟安妮約好了。」我低著頭，沒有把握自己能好好面對孟晨，「改天吧。」

「嗯，那、我送妳過去嗎？」

「不用了。」

「米娜——」

「安妮家很近的，而且你剛開始工作不是有很多資料要讀嗎？」我不自覺捏緊了手裡的三明治，「我跟安妮說好了，晚上會住在她那裡，可能星期一才會回來。」

「那好，妳再打電話給我吧。」

「嗯……」

「妳慢慢吃吧，吃完我就走。」

「孟晨……」

「怎麼了嗎？」

「沒事。」我輕輕晃了腦袋，「你記得不要太累。」

最後孟晨依舊掛著燦爛無比的笑容，若無其事的叮囑我要好好聽安妮的話，他又說了些什麼，溫熱的掌心輕巧的停留在我的頰邊，儘管能感受到他的存在卻沒有重量感，他總是能精準的掌握力道。

就連他轉身離開的弧度，也輕巧得彷彿、這裡沒有人會挽留他一樣。

□

更新暫停
內文同標題。

「失戀了嗎？」

安妮很乾脆的扔給我一包衛生紙，但她願意給的同情和安慰似乎就那麼多了，她注意力又轉回手機遊戲，私毫沒有迎接我的意思。

「才沒有。」

我把衛生紙扔回給她，但失準只打中她右側的沙發椅背，本來就不強的力道隨著衛生紙軟趴趴的落下更加彰顯，我有氣無力的走到安妮身邊坐下，但還是洩憤般的搗亂她的遊戲，短暫的愉快之後安妮的懲戒旋即接踵而來，我抱著頭可憐兮兮的瞪視著她，但一點用處也沒有。

「好不容易交到一個男朋友，但妳怎麼一點成長也沒有？」

「我可是很認真在煩惱戀愛問題耶。」

「什麼問題？」

「不要想套我話。」

「那妳就不要說，一個字都不要說。」

「我只是現在不想說。」作態的冷哼一聲，「很多事都要看心情的。」

「但我現在剛好有一點空閒想聽妳說，我不敢保證這種空閒會持續多久。」

安妮打了個非常沒有形象的呵欠，「假日就是要睡覺。」

我註定贏不了安妮，連便宜都佔不到。

在安妮面前從來就容不下「拿喬」或者「傲嬌」的概念。這女人果然是我的天敵。卻也是我的港灣。

「我不知道該怎麼辦。」

「說清楚。」

將我死抓著的小背包擱在一邊，順便抱起貓頭鷹抱枕，縮起腳夾著抱枕雙手環抱膝蓋，整個人蜷縮成一球，悠悠的吐了一口氣之後，我努力想找出一個破口。開始訴說孟晨的破口。

但我發現，該被訴說的其實是我的自身，而非孟晨。

「孟晨他好像一直在勉強自己，總是對著我笑，表現得很開朗的樣子，但他一個人好像面對了很多問題……」

「人不都是這樣嗎？」

「嗯？」

「想表現出自己好的一面，何況他是男人而且年紀又比妳小，會想逞強是人之常情，妳硬要讓他顯現出軟弱，反而會讓他無地自容。」安妮撥了撥頭髮，「至少妳看得出他在逞強啊，那種時候妳就若無其事的撒撒嬌，或是抱抱他，大部分的情緒就能被安撫了。」

「是嘛……」

安妮突然把漂亮的臉湊近，伸手毫不留情的扯開我的臉頰，痛感瞬間主宰了我，我拚命掙扎卻只是讓痛更加劇烈，等我終於放棄掙扎，她卻又像感到無聊一樣鬆開了手。

「妳看吧，只要掙扎就會痛，但妳從小就學不乖。」

「不要合理化妳的暴行。」

「陶米娜，如果只是孟晨的問題妳不會這樣扭扭捏捏，妳從小就是這樣，對別人的事感到困惑或困擾就能輕易的向另一個人求助，但如果覺得問題出在妳自己身上就怎麼樣也開不了口，所以我也沒有力氣逼妳說，妳都那麼大了，該怎麼做不該怎麼做也應該都很清楚，但妳還是給我好好記住，拚命逃避不只妳會撞到牆壁，連孟晨也會被妳一起甩到牆壁上。」

「事情才沒有妳說的那麼簡單——」

「就是那麼簡單。」安妮的食指狠狠往我額頭戳。「能說開的事情就說開，能做的事情就去做，碰上無解的事情就乾脆的承認自己克服不了，例如妳發現其實妳不愛孟晨，那種事就算拚命努力也不會有用，就算貪戀兩人的關係也必須分開。」

「我又沒說不喜歡他……」

「那好，把手機給我。」

「要做什麼？」

「打電話叫孟晨把妳帶走。」安妮一把搶過我的小背包，順利的拿到我的手機，流暢的按下撥號鍵，「還有，下次假日不要隨便來這裡，晚一點我要和景天一起鍛鍊身體。」

「妳妳妳，到底是男人重要還是妳妹妹重要？」

「不要問這種自取其辱的問題。」

我被安妮扔到門外，抱著小背包我被喝令乖乖待在原地，因為據說孟晨五分鐘後就會抵達把我領回。

真是一點人權和尊嚴都不留給我。

當我是什麼失物招領或是走失兒童嗎？但就算這麼想，我也只能嘟著嘴等著孟晨出現，比起自尊我更不希望他趕來之後迎上重重的落空。

「米娜，」孟晨快步朝我跑來，額際明顯冒著薄汗，他卻一點也不在意自己凌亂的髮與微濕的上衣，「怎麼了嗎？跟安妮吵架了嗎？」

我搖了搖頭，旋即想到安妮只拋出「我要把陶米娜扔出去，如果想接收就直接過來」，什麼解釋也沒有，那就意味隨便我怎麼解釋都無所謂，於是我又點了點頭。

「沒事嗎？」

「安妮明天就忘了。」

嚴格來說，等景天哥來了之後她就會乾脆的忘了我這個妹妹。

孟晨牽起我的手，安慰般的順了順我的髮，大概是顧慮到他微濕的身軀而忍住了擁抱，我對他說過，自己討厭汗味，也討厭濕答答的東西，但我發現自己更不喜歡他的忍讓；我一把扯住孟晨，鑽進他的懷裡。

「安慰我。」

「請妳吃冰淇淋好不好？」

「我又不是能用冰淇淋隨便哄哄就開心的小鬼。」我癟起嘴，以文弱的聲音說話，「要巧克力口味的。」

「好。」

「不要笑。」

「我沒有笑啊。」

「明明有。」

「我的笑不是在笑妳，是因為開心，能待在米娜的身邊我很開心。」

「待在我的身邊真的會讓你覺得開心嗎？」

「當然啊。」孟晨的指腹輕輕滑過我的耳際，將我散亂的頭髮塞到耳後，「不然我為什麼要賴在妳身邊？」

那麼，你又為什麼要到另一個人身旁呢？

即使用著那麼痛苦而憤怒的嘶吼，卻還是去了呢？

「孟晨。」

「嗯？」

「我有說過我喜歡你嗎？」

「沒有，一次也沒有。」

我停下腳步，緩慢抬起手小心翼翼的捧住他的臉，溫溫熱熱的觸感反而讓我掌心的涼更加明顯，我認真凝望著孟晨，並且在他漂亮的黑眸中找尋到自己的倒映，我的心稍微安定了些，卻終究無法落地。

但是我，即便被吊掛在懸崖邊，也還是想留住孟晨的溫度。

「我喜歡你喔。」

「嗯。」

「所以不只是你想賴在我身邊，我也會想緊緊抓住你。」孟晨的手悄悄覆蓋上我的，「孟晨，你會，一直像這樣待在我身邊嗎？」

風安靜的撫過。

我等了很久很久，孟晨卻依然沒有回答，用著一雙無底的眼眸緊緊盯望著我，像黑白電影的定格畫面，讓觀眾的想像自由發揮、延伸，彷彿身處其中的人有太多太過濃烈而難以化作言語的感情。

但那之中，或許也只是那人既說不出實話，也不想編造謊言，便讓沉默填補兩人之間的空隙。

沉默。

可以被塞進太多的解釋。

於是人可以拚命填進自己想要的，卻也同時不能控制的放進自己最不想要的，沒有中間點，極與極，久了，人便不敢再找尋關於沉默的答案了。

我扯開笑，想收回手卻被孟晨牢牢握住。

「不是要請我吃冰淇淋嗎？」

「嗯。」

「別想用便利商店的霜淇淋蒙混，安妮家前面開了一間新的咖啡店，我要去那裡。」

「不去四季嗎？」

「偶爾要換一下口味，」我用力拉開嘴角，「因為想跟你去很多很多不一樣的地方。」

結果我，也藏匿起自己的真心了。

依舊如常的和孟晨過著狀似很美好無波的日常，卻在親暱的擁抱之中清楚的感受到兩人的距離，如果這是完美愛情的代價，那麼那樣的完美，也不過是一種諷刺。

「明明心底想著『最棒的愛情就是兩個相愛的人毫無保留的將自己暴露在另一個人面前』，這是最大的賭注，也是最大的信任，但現實好像不是這樣，越是靠近的兩個人，反而越是拚命的隱藏自己。」

「阿海不在。」

「我又不是來告解的，客人自言自語不行嗎？」

「很吵。」

「你這個沒有同情心的人。」

「就算有也不是給妳。」楊修磊仔細的擦拭著玻璃杯，我氣鼓鼓的瞪視著他，不說話就打死不開口，一說話就毒舌到讓人想潑他咖啡，「孟晨的喜好很微妙。」

「不用你管。」

「我的喜好也很微妙。」

「就算你想跟我告白我也會斷然的拒絕你的。」

「還不到『那麼』微妙的程度。」

「不要加重語調。」我冷哼了聲，「你今天心情很好喔？」

楊修磊聳了聳肩，放下完成擦拭的玻璃杯，又拿起另一只繼續他細瑣的作業。

「義無反顧的把真心遞到對方面前，說不定是另一種傷害。」抬起眼我望向面無表情專注在玻璃杯上的楊修磊，「藏匿自己，有時候是為了保護自己，有時候是為了保護對方，但是也有些時候，是自己想伸出手但對方卻雙手交疊緊緊收著。」

「那就一把把對方整個抱住啊。」

「妳做得到嗎？」

「沒辦法。」我沒有誠意的扯了扯臉皮，「所以期待對方那麼做，好，我知道，說到這裡會被罵，但人都這樣啊，因為看到『簡單明快』的解答所以認為對方應該能做到，不過自己卻一點做的意思也沒有；我知道，我都知道，人性就是自私卑鄙又貪心膽小，辛苦的事都希望對方來做，自己只要稍微做些什麼就覺得應該被感激涕零，卻又想著對方做這些那些是應該的，唉，所以該怎麼辦呢？了解跟身體力行是兩回事啊，我也想好好安慰他、想當他的支撐，可是萬一我的力氣不夠大讓他摔下去自己又跌傷怎麼辦？很有可能吧，而且我平常又缺乏運動，想想都很危險，所以就這樣像鴕鳥一樣只看他的燦爛笑容，然後拚命逃避他笑容底下藏匿的真心，想著只要他在身邊就好，可是又想到如果他想離開自己也沒有臉拉住他，那又能怎麼辦呢？我又沒談過戀愛，可是這又會被說是藉口，那——」

楊修磊忽然將半滿的水杯放在我面前，「很吵。」

「我自言自語你不要管。」

「這些話直接去跟孟晨說。」

「要是我心臟那麼大顆哪還會來這裡看你冷冰冰的臉啊。」

「陶米娜。」

「又怎樣啦？」

「我今天心情還不錯。」

「所以呢？」

「我可以提供妳一些方法。」

「例如什麼？」

「過來。」

我半信半疑的探長身子，將耳朵湊近楊修磊漂亮卻略薄的唇，低沉而富有磁性的嗓音輕聲說出一串我作夢都沒想過會出自他口中的話語，於是我呆愣愣的瞪視著依舊面無表情的漂亮男人。

「你、你是認真的嗎？」

「我交往過的人比妳寫過的書還要多。」

「這麼濫情？」

楊修磊毫不憐香惜玉用力敲擊了我的腦袋，我摸著痛處對著他扮了個鬼臉，但他又不會痛，所以我又很不自量力的想刺激他。

「看不出來你體內有那麼多愛。」

「是沒有。」

「所以你一直在玩弄女人囉？」

Safe——

這次我很得意的躲過楊修磊的攻擊，雖然差點樂極生悲跌下椅子，但反正最後找回平衡了，我就很乾脆的當作什麼都沒發生，但楊修磊卻斂下眼，拋擲出我沒預想過的話語。

「就是因為沒有，才想從另一個人身上得到。」他沒有看我，也不像在對我說話，「但是人終究會明白，所謂的愛，並不是想要就能得到的。」

「你現在，是在要我放手嗎？不要，我才不要，你也沒有證據證明孟晨不喜歡我吧，對吧，所以——」

「陶米娜。」

「要說什麼一次說完好不好！」

「那妳就不要吵。」我嘟起嘴，傲嬌的甩頭，「反正我話說完了，對妳而言也沒損失，妳姊也這樣說。」

「我就知道！」我睜大雙眼，像馬一樣從鼻孔噴出熱氣，但好像沒什麼表現力，「陶安妮給了你什麼好處？要你這樣煽動我。」

「總之，要聽不聽是妳的事。」

楊修磊的耳語邪惡得讓人……很心動。

是也沒錯，以我這種只敢大放厥詞故作姿態的性格，不咬牙衝破防線可能就會膠著在原地，人一有了某些進展，說不定心境也會連帶著改變，就像是考上大學之後就覺得解開高中制服的枷鎖後人生多了很多可能性，還有當我拿到第一本書的版稅時，我也有一種「我會超越邵謙」的奇異幻覺，結果寫出了本他確實很欽佩的 BL，從此扭轉了我的路線。

總之，找不到出路就設法製造一個破口。

這是安妮的信念，但既然被我寫在故事裡，就變成是我陶米娜說過的主張了。

「很好。」我豪氣的拍了大腿，痛，不該這麼大力的，「總之要尋求突破，就算不管用，我也沒有損失，孟晨更沒有損失，嗯，有好處沒壞處的事不做就太蠢了，沒錯，一點也沒錯。」

但為什麼我的手開始發抖？

在孟晨下班之前我先進行一下研究好了。

翻找出因為怕被孟晨發現而藏在箱子裡的神秘書籍們，我看看，蠻橫暴虐的皇帝，好像不太適合，楚楚可憐讓人想欺凌的小丫鬟，這我做不來，俊美冷酷的神醫，可是一下就拿針當道具我的等級還沒練到那裡，再怎麼說我個人偏好的古代小說似乎派不上用場，那、那、那……

剩下的都是BL漫畫，啊，我最喜歡的學長系列，雖然是學長但卻被學弟吃得死死的，我跟孟晨有年齡差這本好像比較吻合，但我傲嬌的性格又比較像學弟，但到底我要算是攻還是受？

不對。

認真考慮這些根本就不對啊。

這些神秘的書籍一點用也沒有。

「現在補貨也來不及了……」

我洩氣的把神秘書籍再度封印回箱子裡，頭一扭，視線落在我的第二生命小筆電，不自覺嚥了一口口水試圖滋潤我乾渴的喉嚨，網路什麼都有，我舔了舔嘴唇，不行，我年少輕狂時曾經挑戰過一次，但完全不行，那本來就是拍給男人看的片，我怎麼看就怎麼不舒服。

那怎麼辦？

相信人類的本能嗎？

「打電話問楊修磊嗎？」福爾摩斯說，扣除所有不可能，即便剩下來的結果讓人不敢置信，也還是解答，「很好，楊修磊一臉就長得很有經驗。」

所以我真的按下撥號鍵了。

長長的響鈴，一聲，兩聲，三聲——

「喂？」

「磊哥哥嗎？」

「妳打錯了。」

「不要掛電話，你不能這樣給了建議又見死不救，也不要叫我打給安妮，那乾脆給我一把刀逼孟晨就範好了。」

「那妳直接去廚房拿刀吧。」

「不要在這時候展現你根本就沒有的幽默感。」

「所以呢？」

「我該怎麼辦？」

「什麼怎麼辦？」

「就、就……就你上午說的啊，那個，那個，重大的，突破啊——」

「問我嗎？」

「不然我現在在做什麼？」

電話被掛斷了。

我愣了三秒鐘才確認了這個事實。

楊修磊這個沒有同情心又面癱的邪惡大反派，跟那種「反正我給妳目標了妳就給我達成」的無良老闆根本就沒有兩樣，還是乾脆放棄算了，可是我已經掙扎到這個地步了……

電、電話又響了。

說不定是楊修磊良心發現決定來拯救我，我飛快的按下通話鍵，調整好討好的諂媚口吻，「磊哥哥你改變心意了嗎？」

「米娜？」

「啊……」我把手機拿遠，螢幕上顯示著「孟晨」兩個字，我有些僵硬的把手機重新貼回耳畔，「是孟晨啊……呵呵……呵呵……」

「妳怎麼了嗎？在家對吧，我敲門敲好久都沒人應門。」

「我沒聽到，我大概是睡著了，你等一下，我去幫你開門。」

我重重的吐了口氣，頹喪而遲緩的起身，像黃金獵犬般用力甩頭，破口果然不是那麼簡單就能砍出來的，那首先，得先要有一把斧頭，還有二頭肌。

可惜的是，兩者我都沒有。

我尷尬的和孟晨大眼瞪小眼。

捧著水杯我扭捏不自在的盤腿坐在他對面，依照平時的「流程」，我會窩在電腦前從事各式各樣符合阿宅定義的活動，偶爾會抓起書擠在孟晨身邊讀；而孟晨大多時間在讀資料或者讀書，總之我的住處沒有電視，所謂的日常流動得非常緩慢並且安靜。

但此時此刻太過緩慢也安靜過頭了。

「怎麼了嗎？」

「什、你說什麼？」

「妳的眉頭都快打結了。」

孟晨笑著揉開我眉宇的糾結，但他的體溫卻引起我的戰慄，對於滿腦子都是糟糕思想的我，無論是聲音或者碰觸，即使只是他輕輕淺淺的呼吸，都是極大的刺激與挑逗。

我學著蚯蚓扭啊扭的，往後退了一段距離，拉開僵硬的笑容，仔細想想自己也太過有勇無謀，不，連勇都沒有，根本無須砍掉重練，我甚至連可以砍掉的內容物都沒有；沒辦法，突破什麼的，就等我蒐集多一點資料再來執行吧。

「我、我要趕稿……」

端著水杯我起身轉向書桌，但下一秒鐘手腕卻感覺到強大的拉力，左手端著的水灑了大半，我還來不及反應只能呆站在原地望向孟晨，他的臉上沒有我習以為常的笑容，他平板的表情沒有顯露情緒，唯有抿緊的唇與收緊的掌心悄悄逸送著某種緊繃。

「水……水都灑出來了……」

「妳跟楊修磊——」

「沒有。」我迅速的截斷他的話語以及猜測，要是被套出話來就太丟臉了，「什麼都沒有。」

「我不在乎。」

「什麼？」

「無論妳心底放著誰，我都不在乎，只要能像這樣待在妳身邊，我什麼都可以不去在乎。」

「我跟楊修磊……？」

「不用在意我，如果是因為楊修磊而讓妳覺得面對我有點不自在的話，真的沒關係喔，反正一開始妳就喜歡他啊，而我也說了，就算妳只是想要取暖，也沒有關係。」

忽然我想起方才太過心急而誤以為是楊修磊打來的電話，我到底說了些什麼？忘了，總之不是很重要，但就是帶著某種不尋常的諂媚與撒嬌，我咬著唇，孟晨興許是誤會了，但我無從解釋，也沒有足夠的勇氣解釋。

「不是這樣的……」

但孟晨沒有任何窮追猛打的意思，反而揚起過度燦爛的笑，掩去幾秒鐘前他的緊繃與冷硬，我的心猛地揪緊，凝望著他的笑，我卻有種想哭的心情。

為什麼要這樣勉強自己？

究竟為了什麼？

難道、就是為了待在我身邊嗎？

然而我和孟晨靠得那麼近，卻始終看不清他的容貌，清晰，正因為太過清晰了，像張密合的人皮面具，我的手帶著些許顫抖探向他的唇角，揚起的弧度，是真的，也是假的。

「哪一個才是真正的你呢？」

「妳在說什麼呢？」

「不要這樣笑，就當作是我的請求，」孟晨的笑稍微斂下，唇邊卻還掛著一抹微彎，我輕輕描繪著那樣的弧度，卻勾勒不出他的全貌。「我很怕，所以一直假裝你就只是那樣的你，但不是這樣，現實沒有那麼簡單，人也沒有那麼簡單，有好幾次我都想對你說『沒關係，在我面前不用拚命偽裝沒有關係』，但我真的不知道，那天你說過的話，究竟是如你所說的是演技，又或者是真的，我很害怕，真的很害怕，自己會不會有一天也會成為另一個傷害你的人……」

孟晨盯望著我，唇角的笑意不知何時全然消卻無蹤。

溫熱的淚液安靜的自我頰邊滑過。

「我不知道該怎麼辦才好，這不是我擅長的事，也想著自己沒辦法好好面對這一切，但能怎麼辦呢？一點辦法也沒有，起先想躲在你燦爛的笑容裡面，但你笑得越燦爛、越美好，我就越害怕，也越、感覺痛——」

孟晨輕輕搭上我的手，斂下眼，掩去所有的流光，他的手熱熱燙燙的，緩慢將我的手放下，彷彿在醞釀些什麼，也像在思索些什麼。

我踏前了一步，頭輕靠上他的胸口，聽著他的心跳，我隱隱的嘆了口氣，爾後伸手用力摟抱住他。

「孟晨，我很怕把這些話說出口你就會離開我，因為我沒辦法好好陪你演一場戲，甚至不知道你想要的是些什麼，但我不想放手，跟愛情沒有關係，打從一開始我就不想談什麼戀愛，但我還是想抓住你，就只是因為你。」

孟晨留下了。

儘管我一開始抱持的就是這樣的目的，但中途拐了彎意思便截然不同，我扯著他的手不放，像安撫小孩一樣他哄著我睡，除此之外他什麼也沒說，我也什麼都沒問。

結果也還是在逃避。

一邊揪著，一邊竄逃。

我現在才明白人居然可以矛盾到如此程度。

偷偷睜開眼，微弱的月光與屬於城市的亮度披灑在他的側臉，我不懂愛情，但人也許不需要去懂愛情，或者該說，該試圖釐清的從來就不是愛情，而是所愛的人。

我的指尖輕輕滑過他的眉梢，他的鼻尖，停留在他的唇畔，溫熱而柔軟，不知為何我突然有種強烈的衝動想要碰觸孟晨，儘管他正擁抱著我，但人心永遠有一塊位置無法被填補；我往前探了點，悄悄將唇貼在他的唇上，卻在離身之際迎上他驀然睜開的眼。

「妳這樣我沒辦法睡。」

「我睡不著……」

「泡牛奶給妳喝嗎？」

「不要。」

我鑽進孟晨懷裡，破口，我又想到這個強烈的字眼，不是想這個的時候，何況是我才剛上演深情告白，現在的角色應該是壓抑的脆弱女人，可是，我的手在做什麼？

盯著自己的指尖彷彿那不是我的，食指和拇指正假裝玩弄著他的衣釦，實則意在解開，很好，第一顆成功了，接著是第二顆，順手了點，那第三顆——

被抓住了。

「想做什麼？」

「沒、沒有啊，無聊玩釦子啊……」

「米娜。」

「不然我玩自己的釦子……」

「妳的衣服沒有釦子。」孟晨拍了拍我的頭，「快睡，嗯？」

跟楊修磊說的不一樣。

完全不一樣。

不一樣到幾乎要擊潰我的信心了。

……一個男人對喜歡的女人一定會有渴望，只要釋放一點訊息，兩個人就會有重大的進展。

我放的訊息不夠多嗎？

不，我寧可當鴕鳥也不要去想「說不定孟晨根本不喜歡我」的可能性，總之，訊息量再大一點說不定就——

但孟晨為了制止我的不受控，雙手雙腳都用來箝制我，於是我又淪為人形抱枕，但做人不能輕易放棄，於是我又努力的蠕動，腰好痠，但我不能放棄，至少我讀的漫畫告訴我，男人的定力永遠不值一提。

「米娜。」

孟晨拉高了音量，我的動作瞬間凍結，他蹙起眉以非常近的距離盯視著我，灼熱的雙眼讓我身體有些鼓譟，他的箝制鬆動了些，我趁著縫隙偷偷抬起手爬上他的胸膛，下一秒鐘卻猛然僵化。

「不要再玩了。」

他鬆開壓制我的手和腳，乾脆的轉身背對我，呆望著他的透著拒絕的背影，我的手不自覺微微發顫。

不要想，他只是真的認為我在玩鬧。

嗯，因為孟晨想睡覺，而且明天還要上班，所以需要好好休息。

用力咬著唇，我逼自己同樣背過身卻一點辦法也沒有，最後，連想扯住他衣角的勇氣也沒有，只能牢牢的抓住薄被，讓自己不要往下墜落。

12

我劈砍出來的破口簡直大得會讓人墜落到無底深淵。

孟晨離開之後我也跟著起身，輾轉一晚的我在門落上的那瞬間終於忍耐不住，淚水像被哪個人旋開水閥一般嘩的落下，不管哭得再慘也不會有人路過同情，從前我都是這樣安慰自己要求自己振作；但我什麼都不在乎了，就算沒人理會我也無所謂，想哭就是想哭，中途喉嚨太過乾渴還灌了兩杯水後繼續哭，用光了一整包衛生紙，睡衣也沾滿眼淚，搞得自己狼狽不堪，但除了被掏空的虛脫感以外，就只剩下餓了。

「這時候還有食慾真是丟臉死了。」

換了衣服我掛著兩隻腫脹的金魚眼走進四季，瞥見玻璃門上的倒映我根本像真人版貞子，笨手笨腳的爬上吧檯前的高腳椅，阿海遞來水杯的同時也送上他的關心。

「妳看起來有點不好。」

「其實你不用那麼委婉。」

「發生什麼事了嗎？」

「阿海，雖然我百分之九十的內心話都會對你說，但今天剛好是另外的百分之十，不過還是謝謝你。」

「不用在意，但妳還是冰敷一下眼睛比較好，我去拿冰毛巾。」

「謝謝你——」

阿海轉身離開後，我的目光搜尋到正在拉花的楊修磊，以發腫的金魚眼用力的瞪視著他，就算他有不看客人的壞習慣，但總有那麼一瞬間他會和我對上眼的，所以我繼續積極的用視線攻擊他，直到他替我端來繪上一隻金魚的拿鐵，我的意志完全壓抑不住我洶湧的怨懟。

「你這個沒心沒肝沒血沒淚的面癱大妖怪。」

「嗯？」

「都是你害的，現在就連我可以自我說服的安慰也變成針山了。」

「我有逼妳嗎？」

「哼。」

阿海默默遞給我冰毛巾，來回看了我和楊修磊，但沒有加入的打算，而是接過楊修磊手中的抹布，不知有意或者無意，將他擠到我面前。

楊修磊不耐煩的瞥了阿海一眼，不過似乎是放棄掙扎了。

「所以呢？」

「乾脆的被拒絕了啦。」一想到昨晚，我的心酸又湧了上來，用力蹂躪著冰毛巾，「我都不知道該怎麼用平常心面對他了……」

「為什麼？」

「什麼為什麼？雖然常常拋棄自尊，但我的臉皮也沒那麼厚啊——」

「夠了。」楊修磊瞪了我一眼，「我是說，他為什麼拒絕妳？」

為什麼？

我沒有想這些。

因為我沒有足夠的勇氣接受任何一個答案。

「我不想知道。」楊修磊的眼神好兇惡，就算長相好看到沒天理也掩蓋不了那可怕的恐怖感，我縮起肩膀小聲的辯解，「不是說永遠不想知道，只是我現在還沒有勇氣面對……」

「妳不是成天幻想一些有的沒有的戀愛嗎？妳說，一個男人拒絕一個女人妳會怎麼寫？」

「拜託，男主角當然是很想擁有對方啊，但基於總總的黑歷史，他不想傷害對方，同時想保護對方，所以拚命忍耐拚命忍耐就是不能跨、跨……」我突然噤聲，又默默嘟起嘴嘟囔著，「可是故事當然都往好的方向寫啊……」

我猛然抬起頭。

「該、該不會他年紀輕輕就、就不行——啊、很痛耶。」

楊修磊絕對有暴力傾向。

很好，你就等著我新連載把你寫成邪惡反派，本來要歸你的小夜也改送給藍忻，哼，你就繼續這樣欺負我吧，我可是小鼻子小眼睛又小心肝的陶米娜吶。

可是長著主角長相的人就會吐出主角才會說的台詞。

「妳就只看妳想看的，這樣公平嗎？」

「我……」

「我也沒資格說妳，我也是，因為看見對方愛我，所以就只看見她對我的愛，她的那些掙扎、痛苦與必須面對的現實我通通都不去看，好像兩個人的愛就可以克服一切，說不定連這種想法也沒有，就只是單純想得到對方的愛，不能容許其他的結果，最後，我的愛反而成為所有一切裡，對她，最大的壓迫。」

楊修磊的口吻很平板，沒有特別的情緒起伏，卻讓人清楚感受到他體會過的深刻，我第一次覺得他是那麼有內蘊而成熟的男人，但我蹙起眉，假使非得經歷過那樣深刻的痛楚與失去才能得到成長，我情願幼稚到底。

「可是，如果不拚命看著對方的愛，說不定會跌下懸崖啊，如果考慮那麼多，那不就必須時時刻刻都想著放開對方嗎？」

我很幼稚，也很自私，但如果所謂的成長意味著不能任性去愛著一個人，我才不想長大。

就算安妮到八十歲都還是指著我的額頭罵我幼稚，那也無所謂。

「每個人的愛情都不一樣吶。」阿海輕快的感想稍微化解了我和楊修磊之間的凝滯，「像我可是忍痛把自己心愛的人推往別人呢。」

「阿海是笨蛋嗎？」

「大概吧，陷入愛情的每個人都很笨吧，因為計算方式和平常不一樣，所以會犯很多錯，會受很多傷，也會繞很多路，但這也不是重要的部分，人最笨的地方可能在於，即使計算出來發現對方不是最佳解，卻還是執意要在試卷上填上對方的名字吧。」

「把咖啡喝完。」

「要做什麼？」

「喝完。」

楊修磊沒有說明，只是不很耐煩的以食指敲擊著桌面，這世間果然存在這種趕客人的惡劣咖啡師，但我還是乖乖捧起馬克杯，懷抱著消滅金魚的惡意，一口氣灌下溫熱的拿鐵。

好撐。

但我嘴才擦到一半，楊修磊就拎起我，不是日劇那種很帥氣又浪漫的抓手畫面，而是飼主搬移幼貓幼犬拎起軟綿綿脖肉的樣子，差別是他抓起的是我外套的帽子，不由分說就強行扯著我離開。

最狼狽的不是這一點，而是其他女客明顯露出諸如：「一定是死纏著阿磊才被扔出去吧」、「不過要多討人厭才會讓阿磊反應那麼大呢」、「如果可以這樣被拎起來好像應該要跟那女的討教一下」的訊息，我揮動著短短的手，但他完全不為所動。

「你要做什麼啦？」

「找孟晨。」

「為、為什麼？我不要我不要我不要我不要——」

「不乾脆解決妳會成天來煩我。」楊修磊瞥了我一眼，「很吵。」

「不要，」我成功擊打了他幾下，但被瞪了之後我只好怯弱的收手，「他一直以為我喜歡你耶，這樣他會誤會，不要，我可以自己去啦——」

當然結果我還是被揪到孟晨公司樓下了。

恰好是午休時間，楊修磊以蠻力搶走我的手機，以慘絕人寰的冷酷命令孟晨下樓，期間他的手依舊牢牢的抓住我的帽子。

我想，孟晨臉上掛上燦爛笑容之前的凝滯，不會是我的錯覺。

「怎麼突然來了？」

孟晨瞄了一眼楊修磊的手，我不知道他的心思如何流轉，但他到底是撇開眼，假裝什麼都沒有。

楊修磊一把將我扔給他，失去平衡的我只好撲進孟晨懷裡，只是當我要轉身給楊修磊一個狠瞪時，卻感覺自己被牢牢鎖在孟晨胸口。

「她很吵。」楊修磊的口吻簡直是後母嫌棄討人厭繼女一樣，「還有，我對她沒興趣，這傢伙也不喜歡我，我這樣說了，她應該也說過好幾次了，但聽不聽得進去是你的事。」

我趁隙鑽出頭。

「我對那種面癱大妖怪一點興趣也沒有。」

扭過身仗勢著孟晨我本來想報仇的，但楊修磊卻乾脆瀟灑的轉身大步邁前，真是，就算討人厭的級數是最高級，也還是覺得楊修磊好帥。

我為人真誠實。

「米娜。」

「嗯？」

「楊修磊走了。」

「喔……」我回頭尷尬的笑了笑，「我對長得好看的人都沒有辦法……可是這不是喜歡，絕對不是喜歡，我已經說了三百次了，雖然娃娃臉不是我的菜，但我還是喜歡上你了啊，這就是傳說中的真愛嗎？嗯，果然，人最後都不會跟理想型在一起——」

「眼睛，怎麼了？」

「呃……」

我的話停在半空中，誰都看得出來是哭腫的，想斂下眼但楊修磊在路上扔給我的話卻竄了出來，「如果妳躲開的是他的愛，那妳還想看見什麼」；我相信，即便孟晨的笑是撐出來的，但他眼底的在乎與關心不會是假的。

直來直往。

偶爾還是要投點自己不擅長的直球，這是戰術的一環。

戀愛就是場作戰。

「昨天晚上被拒絕之後很難過，我好不容易鼓起勇氣的，所以早上就很用力的哭，因為我讀的書跟漫畫都說不可能這樣，可是沒關係，我哭過就沒事了，你一定有你的理由，雖然我會在意但沒有關係，反正我的資料也還沒蒐集完全，我要慢慢練等，所以也需要時間……」

說著說著，我的淚居然就這樣掉了下來。

沒有打算裝可憐的，但我吸著鼻子卻忍不住淚水，孟晨收起笑似乎輕輕的嘆了息，他以指腹拭去我眼角的淚，卻一點用處也沒有。

「對不起。」

「不要跟我道歉，就算你有什麼障礙，我也會陪你去看醫生的。」

「還沒吃午餐吧。」

「嗯。」

孟晨牽起我的手，但居然沒有反駁「就算你有什麼障礙」，無論多溫和的男人聽到這種臆測都會衝動的跳起來反駁才是，我的心涼了一截，卻又湧上些許安心，至少他的拒絕含藏著大量的掙扎，這到底是什麼詭異又荒謬的心情？

我一邊吸著鼻子，一邊讓孟晨帶著往前走，抬起頭張望著他的側臉，突然撲往他的背後，下定了決心。

「我們，今天晚上就去看醫生吧。」

這次，孟晨的嘆息清清楚楚的。

他拉開我的手，轉身面對我，「不用擔心，我有固定約診，偶爾也會吃藥，所以妳不要再哭了，嗯？」

「嗯……」

「那午餐想吃什麼，嗯？」

「摩斯——」

孟晨笑了。

他揉亂我的瀏海，有種說不上來的感受，但總覺得，這一瞬間他臉上的笑，不太一樣。

「孟晨。」

「嗯？」

「雖然你現在的笑沒有平常那麼可愛，可是，我比較喜歡這一種。」

「是嗎？」

「嗯。」我重重的點頭，「不過，只要是孟晨，我都喜歡。」

我好像得知了什麼了不起的大秘密。

回頭想想有點不對，障礙，這兩個字一直在我腦袋上方打轉，像纏人的蜜蜂和蒼蠅外加蜂鳥的可怕三重奏，但也沒辦法，愛上了就是愛上了，傲嬌的人特別認命，沒錯，我會陪孟晨克服的。

就、就算克服不了，反正我也沒體驗過，嚴格說來那就沒有失去些什麼，嗯，很好，我完成心理建設了。

我是以這樣的心情面對孟晨的。

真的。我甚至還對鏡子練習了堅定的笑容，參考了各式各樣選舉的宣傳影片，我們一起克服吧，這句強而有力的句子還被我寫進日記本裡；但我練習半天的笑容卻支撐不住，呆愣的望著孟晨淺淺的微笑，我反芻著他方才拋擲而出的話語，一次又一次。

像假的。

也像夢的囈語。

但站在我面前的他卻是真的。

「我真的不在意，」我有些焦急的抓握住他的手，睜大眼認真的凝望著他，「真的喔，所以你不要學那種把苦往內吞自以為這樣就是給女主角幸福的那種男主角，這種劇情啊，反正糾結來糾結去，最後兩個人還是會手牽手在一起，所以，就跳過糾結來糾結去那段，直接手牽手就好了，這樣比較節省力氣。」

「米娜，謝謝妳。」

「不用跟我道謝啦，只要你以後對我很好很好就好了啊，不過你現在已經對我很好了，那就盡量保持這樣不要冷掉就可以了。」我用力點頭，「我也會對你很好很好的。」

「我知道妳會對我很好。」

「所以啊……」

「但我沒辦法有對妳很好很好的以後了。」

我的手不自覺的發顫，甩了甩頭，我再度扯開臉上的笑，更用力的握住他的雙手。

「就說了啊，直接跳過很糾結的那一段，孟晨，只要有你在就可以了，雖然每次寫這種台詞我都會暗自想著『這種輕飄飄又沒有實感的話真是騙小孩』，可是現在我才知道，真的是這樣，當然我明白現實有各式各樣的問題和困難，但是有你在，只要我們還是我們，就能設法跨過去，所以——」

「米娜。」

「我……」

「米娜。」孟晨又喊了一次，輕輕的口吻，卻落得好重好重，幾乎要超出我的負荷，「在我身邊，妳是得不到幸福的。」

為什麼？

你不喜歡我嗎？

差一點我就要孩子氣的拋出如此的問號，但我能承受答案嗎？不能。是左是右都不能。

「你有沒有想過，如果，你就是我的幸福，那麼你走了也就帶走我的幸福了啊。」

「有我在的世界裡，我就不會是任何人的幸福。」孟晨依舊掛著笑，我好想要他不要這樣逼迫自己，卻擠不出聲音，「只是，我想過好幾次，米娜可能就是我追求的幸福，不過，像我這種人，很早以前就已經失去了擁有幸福的資格了。」

他緩而有力的鬆開我的手，垂落的那瞬間，我彷彿聽見心跟著沉沒的鈍重低音，墜入很深很深的某個地方。

久久無法落地。

「孟晨，一個人想擁有幸福，是不需要資格的，給一個人幸福也是，無論是什麼樣的人，都能夠帶給另一個人幸福，真的，這不是小說裡騙少女的台詞，因為幸福有各式各樣的面貌，對我而言，能夠待在你身邊，就是很大很大的幸福了……」

孟晨緩慢的抬起手，溫柔而輕巧的撫過我的臉頰，彷彿被風吹落的羽毛，輕輕癢癢的；他斂下笑，以平靜無波的雙眼注視著我。

「在妳身邊，我覺得自己離幸福好近，近得讓我差點都有了自己也許也能得到幸福的幻覺了，但夢呢，總是會醒的，今天在公司樓下望著妳開心離去的背影，那一刻我真的、真的差點以為自己和妳能長長久久的過下去，就差那麼一點。」他的唇邊勾起了自嘲的弧度，「可是電話鈴聲突然響了，像是算準時機一樣，用力的敲碎我的妄想，如果不要接起電話的話，說不定我就能待在妳身邊了，所以我忍耐著等鈴聲結束，但安靜了一次卻又開始響起，我才終於明白，這個世界是不會放過我的，那麼，我也就沒有抓住妳的資格了。」

「孟晨……」

「不是妳的錯，米娜，妳真的一點錯也沒有，錯的是我，一開始我只抱著想待在哪個人身邊的念頭而已，想假裝自己是一個深深愛著某個人，同時也被某個人深深愛著的人；但是，當自己的假裝逐漸成真，我卻不能待在那裡頭了。」

為什麼？

孟晨說那麼一大串話我都一頭霧水，到底為什麼，為什麼他平靜的臉龐卻透著一種飄忽的哀傷？為什麼我離他那麼近卻從未察覺他反覆掙扎？

這好像睡前明明讀了《雖然我不記得，但還是喜歡妳》，醒來接著讀卻接上《哈利波特》第七集一樣，連世界觀都翻轉了。

「我聽不懂。」我扯住他的襯衫，「我一句話都聽不懂，就算你拚命說著自己沒資格得到幸福，總要讓我知道理由吧，就算你有什麼黑歷史，但不讓我知道我怎麼能理解你的決定？孟晨，我知道人都有難以啟齒的秘密，你不想說我也勉強不了，不過你聽好，聽好喔，我現在是在威脅你，你只有兩條路可以選，一個就是哪天想通了來向我解釋，另一個就是證明某個人能給你幸福，不然，我就會被卡在原地等著答案。」

我用力深呼吸。

拚命忍住眼淚卻忍耐不住。

「就算要句點人，也要先給人句點吧。」

□

幸福幻覺膨脹得越大，破裂的瞬間，世界便震動得越加劇烈；於是人就會頓時醒悟，那絢爛的彩色泡泡原就、不是自己能夠所能企及的、美好。

更新。寫給藍忻

心底有好多好多的話想對你說，但這種時候卻找不到適當的詞彙，對你說「沒關係的」、「有我在」或是「總能克服的」嗎？這些空話連說的人也會感覺心虛吧。

我連實際上你所面對的痛苦是些什麼都不明白，又怎麼能斷然的告訴你沒問題呢？

沉澱了幾天我才體認到自己的自私，妳又懂什麼，你應該這樣吼我的，但你沒有，一直一直安慰著我，明明需要安慰的是你啊，而且說要給你很多愛的我，回想起來也都一味的汲取你的愛，逃避著那些我不想看見或者不願意承認的可能性。

如果，我勇敢一點，你是不是就能少痛苦一點點？

逼著自己回溯，其實也不是沒有跡象，但我不敢問，怕問了你就會離我而去，其實我也不敢肯定你是不是真的喜歡我，由著自己的自私與任性，認為只要自己反覆對你說喜歡或許自己就有了留住你的理由了；像這樣撇開臉的我，也在你的身上劃下很多傷痕吧。

對不起。

但我還是喜歡你。

雖然知道你在很近很近的地方，很多次我差點就跑去敲門，好吧，我真的在門口徘徊了好幾次，但我忍下了，或許這就是我姊說的成長吧，即便人想賴著不長大，但為了保護你，我做好了提早變老的心理準備，你放心，我有開始敷面膜了，也網購了膠原蛋白粉，應該也不會老得太明顯。

不是想要逼你，只是那天腦袋太過混亂話也說不清楚，我會做好你隨時回來的準備，也會做好你說你不喜歡我的準備，陪你一起面對黑歷史的準備也做了（甚至連你說不喜歡我但需要我陪你一起跨越黑歷史的準備都做好了），所以不用太客氣，反正我吃了那麼多免費早餐和點心，說起來我欠你比較多，你沒有顧慮的理由。

還有，我依舊過著很普通的日常，不用擔心我，就算我很喜歡很喜歡你，也還是會好好照顧自己，我姊說過，這才是一種對愛的堅強。

我慢慢開始變強了。

總有一天，可以強到足以保護你，所以你不要太勉強自己，我很喜歡你的笑容，但如果是硬撐出來的弧度，我寧可你走面癱路線。

希望你能看見。

附註一：

你走的那天，就在我抓著你大哭的時候我偷偷把備份鑰匙扔進你的背包裡了，雖然我以前都是邊哭邊偷我姊的鑰匙，但沒想到我第一次偷塞鑰匙就上手，你可能已經發現了，那真的是我家鑰匙，就算你半夜偷開門進來我也不會生氣，但我真的不會打呼，如果你覺得自己聽見的話，你可能要去檢查一下耳朵，但你放心我會陪你去。

附註二：

我覺得自己也很有可能忍耐不了衝到你面前，也請你稍微做一下準備。

13

劉尚淵家的窗簾緊緊拉上，不留一絲縫隙。

我依舊過著一貫的日常，偶爾會有想頹廢裹在棉被裡的念頭，也會自以為在拍偶像劇邊洗澡邊嚎啕大哭，但擦乾眼淚擦乾身體後我還是記得擦乳液敷面膜，去年的我大概打死也不相信自己會那麼勤奮，只是，不積極做些什麼的話，自己說不定就會四處潰散了。

看起來不哀傷的人，不代表他不難過。

說謊的人有些時候不是為了騙過其他人，而是為了瞞過自己。

這一陣子我的領悟幾乎都可以出一本語錄了，但人的領悟再多，遲了也就是遲了；靠在窗邊我望著逐漸加大的雨滴，嘩啦啦的聲響淹蓋了整個城市，只是哪個人不是在裡頭泅泳，奮力的划著手，為了抵達，或者為了奔逃。

嘆了一口氣，再這樣下去我就要化身討人厭的經典名句假文青了。

「可是如果水淹得那麼高那麼高，說不定我打開窗就可以游到對面了。」

我伸手承接微涼的雨水，破壞了雨落下的路徑，但即便有我的阻攔，雨仍舊依隨重力下墜，越看越宿命，甩了甩手我起身抓了桌上的馬克杯，裝了滿滿一杯雨水擺回桌頭，儘管不知道自己確切的想抵抗些什麼，但人能做多少，就做多少吧。

用著微濕的掌心握起手機，飛快的撥出孟晨的號碼，這些日子太過在意他提及的鈴聲，怕自己打去的電話也讓他心神不寧；可做人要正向樂觀，說不定顯示著我名字的鈴聲會讓他覺得安心，這樣我就拚命打拚命打，讓他擁有百分之九十九的安心。

「我好有當變態跟蹤狂的潛力喔。」

一邊聽著長長的響音，一邊自言自語，我也沒有孟晨絕對會接電話的預想，最後另一端傳來溫婉卻機械的女聲，我悠悠的吐了口氣，掌心熱熱燙燙的，手背卻濕濕涼涼，拇指想切斷連結，卻還是忍不住留了話。

「不用回撥給我，一定要留這句我才不會很失望，不過也不是真的不想你回撥給我啦，最近想起你心情都像這樣反覆又複雜，可是也不是壞事，至少主編說我的描述深刻很多，還買了巧克力給我吃，我留了三分之一在冰箱要給你，本來是一半，可是昨天晚上肚子餓忍不住就吃掉了……孟晨，我有認真吃飯繼續養肉所以你也要多吃一點，好了，我要掛電話了，bye-bye。」

切斷電話後我把手機扔得遠遠的，怕起了頭自己就像跨過了一道坎，分分秒秒都想騷擾孟晨；嘟著嘴我死盯著由發亮到熄滅的手機螢幕，快響，快點響起來，我甚至用雙手抵著太陽穴發送念力，但一點用也沒有。

「我好像越來越奇怪了。」

放棄念力我再度把視線拉回窗外的雨，我忽然想起學長畢業那天也下著大雨，嘈雜的喧鬧佐以嘩啦啦的雨聲，我在遙遠的台下看著他兩次三次上台領獎的身影，淡淡的惆悵瀰漫在我的體內（除了某次安妮恰好被安排在他身邊領獎，那十幾分鐘我很害怕安妮會亂來），我想著也許這就是我和學長的最後交集了，那麼近卻不能到達。

然而他卻撐著傘站在我家門外。

「我想我和妳可能很難再見面了，所以這是最後把話說出口的機會，米娜，我做錯了很多事，結果傷害了很多人，尤其是妳……我跟她分手了，本來以為相處久了或許會轉移對妳的喜歡吧，但沒那麼簡單，喜歡也不是那麼隨便的事，我知道事到如今說這些也沒有用，我也沒有臉要妳原諒我，但我想了很長一段時間，還是很想讓妳知道，我對妳的喜歡從頭到尾都是真的。」

學長稚嫩青澀的容貌染上不符年齡的複雜顏色，雨聲很大，我的雙耳嗡嗡作響，那時的我腦袋幾乎一片空白，好不容易塞到最底處的感情輕輕鬆鬆就被他挑了上來；但即便必須多花上一段很長很長的時間才能再度將這份喜歡塞回深處，人也還是想抓住結結實實的句號。

所以我不恨他。連討厭也沒有。

「謝謝你特地來見我。」年少的我沒有想過，給曾經傷害過自己的人一個微笑居然是如此簡單的一件事，「我會把你的話放在心裡，而且，雖然我真的很難過，但我沒有恨你，所以沒有原諒不原諒的問題。」

「如果妳揍我一拳說不定我會好過一點。」

「安妮在的話她可能會衝出來揍你，不過她還沒回來，在安妮回家之前，你還是快點回去比較好。」

「嗯。」學長輕輕點頭，小心的從口袋掏出一只紙鶴，「給妳的。」

我沒有目送他離去的背影，而是垂下眼注視著停在掌心的紙鶴，淡淡的水藍色水墨染上翅膀邊緣，學長大概寫了些什麼折進了紙鶴，但那瞬間我下定了決心，無論是什麼，我都不會拆開。

如果當初我拆開了，一切會不會有所不同？

也許。

但事到如今也已經不那麼重要，只是那只紙鶴還是教會了我一件事：重要的話不要以委婉隱晦的方式傳遞。

快步的衝到床邊抓起電話，雙手並用快速的輸入單字，心跳不知為何開始加速，劇烈鼓譟到我快要分不清那聲響究竟來自於雨或者我自己。

「我要更正留言，你一定要回撥給我，一定，晚上十點之前沒接到你的電話我就會衝去對面找你，我的忍耐力已經超出我自己的想像，所以夠了，被你當成死纏爛打的跟蹤狂也無所謂，我不想讓自己後悔，順便預防你的後悔，我人很好吧，因為喜歡你，所以我不會計較這些，但你記得誇獎我。還有，回電之前先去讀我的連載，最新的那篇。」

鬧鐘的指針每跳一格就發出一道響音，喀答喀答的，定下十點底限的我反而才是坐立難安的那一個，我心神不寧的來回踱步，搔著頭把頭髮從亂弄到更亂，甚至用額頭撞了撞牆壁只為了能稍微鎮定一些。

「才八點我就變成這副德性，那九點半我不就被自己弄壞了嗎？」

扯著頭髮我逼自己在床沿坐定，開始冥想，但滿腦子都是孟晨；換一個，把頭埋到膝蓋，但我不小心開始拿膝蓋當武器攻擊我自己的腦袋；鑽到棉被裡好了，於是我來回打滾，滾啊滾的就重重摔到床下——

「好痛……」

就在我拚命和自己對抗的時間，雨又再度落了下來，聲音從漸弱到漸強，不知為何，我的心突然安定了下來。

就算他不打電話給我，結果也只是我跑過去找他，沒有太大差別，該說的話、能說的話、想說的話我都會捧給他，躺在冷硬的地板我深深吸氣，接著熟悉的音樂聲便悠悠響起。

音樂。

愣了好幾秒我才驚覺那是手機鈴聲，跳起身我箭步抓起電話後笨拙的滑開通話鍵，微微的喘息作為一種開端，誰也沒有說話，聽著從這邊與那邊相互交錯的雨聲，我花了很長一段時間才確認了現實。

「雨下得好大呢。」

「嗯。」

「我好想你喔。」咬著唇，眼眶漸漸發熱，「我準備了好多話要對你說，結果，現在滿腦子只剩下這一句。」

「米娜——」

「你先讓我說，我覺得你還是想拒絕我，就像我下定決心抓住你一樣，你好像也是下定決心要推開我，所以這種攸關勝負的事，我是女孩子你得讓我……孟晨，這些都是我自己猜的，我想你或許是怕我跟其他人一樣不接受你的過去才搶先離開，但你有沒有想過，把話說開也沒什麼損失，如果我真的如你所料，反正你一開始就是這樣認為，可是如果，我是說如果，萬一我剛好是那個覺得沒關係的人呢？少掉一個機會不是很可惜嗎？」

沉默。

那之中混著滂沱的雨聲。

打在我的心尖，落在他的記憶。

「把窗簾拉開，好嗎？」

「好。」

我旋即拉開窗簾，不遠處的那端，佇立著一道我極其思念的身影，隔著雨，孟晨的容貌顯得模糊不清，但也許這樣的距離是最安全的，既能清楚看見彼此，卻也看不清對方。

「本來我下定決心不再見妳的，最簡單的方法就是搬離表哥家，但我一天又一天的拖延，不想讓自己拖住妳，卻又私自把妳當作盼望……我很自私，明知道妳對我懷有感情，我更不應該讓妳越陷越深，一開始我就不該撩撥妳的感情，但我又——」

「改變不了的事就不要說了。」我果斷的插話，即便正在顫抖，但現在不是猶疑退縮的時候，「我也沒那麼單純，當然很清楚一開始你可能也不是喜歡我，但我也心思不純啊，想說談談戀愛也沒有損失；但不管開頭是什麼，現在，我們就是走到這一步了，如果我不喜歡你也就不會像現在這樣死纏爛打，你如果不在意我的話，也不會搖擺不定，那、那就賭一把，安妮常說，所有的選擇都是賭注，差別只在於賠率，我不是賭徒，但現在我不想離開賭桌。」

我用力的吐了一口氣。

刻意到大概超越雨聲清晰的傳到他耳裡了。

「孟晨，你讀過我所有的書吧，那你應該很清楚，我不是很喜歡那種糾結苦悶的劇情，反正你都打給我也承認你在動搖了，那就不要卡關乾脆的打下一場吧，嗯？」

孟晨笑了。

彷彿混著一絲無奈，卻也帶著我熟悉的寵溺。

「米娜，因為有了想和妳一起往下走的奢望，所以才會先一步設法推開妳，本來想著妳很單純所以不會看穿我，卻由於妳的單純讓我一次又一次露出破綻……我害怕的並不是被誰推開，而是不想讓妳推開，我根本不是為了保護妳，而是想保護自己，想讓自己在妳心中永遠都是那個美好的孟晨，乾乾淨淨的、那個孟晨……」孟晨的聲音越來越低啞，「但是，我想相信妳……」

他說。

緩而乾澀的。

「米娜，我可以、相信妳嗎？」

可以。

想這麼堅定的對他說，但我吞回了聲音，那是承諾，每個人都想得到承諾，但不是每份給出的承諾都能被兌現。我不知道自己可以做到多少，既然如此，就不能許諾。

「我想說可以，可是，我不知道，我知道人一旦有了盼望同時也就有了落空的可能，我希望自己能夠成為你的盼望，也怕我會給你落空；所以孟晨，你可以相信我，但不要一次相信太多，像放砝碼一樣，慢慢增加重量，現在的我可能還不足夠，但我會慢慢變得更有力氣，然後，我們就能一步一步的往下走。」

「這種不肯定的回答反而讓人覺得踏實呢。」

「你不要勉強自己，我知道這樣說沒什麼用，可是，我還是希望你在我面前不要勉強，我想讓你這麼掙扎糾結一定是很辛苦的過去，但長久以來活在二次元的我接受力不是普通的強，別的我不敢說，至少這點我很有自信。」

「嗯。」

「明天放假，我們去四季喝咖啡吧，什麼都不說也沒關係，慢慢來，像烏龜一樣慢也無所謂，只要有移動，就會有抵達的一天。」

「米娜。」

「嗯？」

「我知道妳會對我說『不會』，但如果妳想離開的話，就鬆開我的手吧，因為我，抓住之後可能就放不開了。」

我怎麼有種和暗戀對象第一次獨處的那種小鹿亂撞呢？

雙手捧著下巴我睜大眼睛仔細的凝望著孟晨的臉，消瘦了一點，抑鬱了一些，總是掛著笑的唇沒有任何弧度；我探出右手，輕輕觸碰他的臉頰，確切的溫度讓人感到非常、非常踏實。

「我比你會照顧自己吧。」

「嗯。」

「你本來話就這麼少嗎？」我側著頭仍舊沒有移開視線，「以楊修磊作為基準的話，你的話比他多還是比他少啊？」

「我不知道。」

「這樣啊。」

「米娜。」

「嗯？」

「不問我嗎？」

「很想問，超級想問的，可是我會忍住，忍耐到你準備要說的那天，其他需要忍的，我也會一起忍啦。」我曖昧的抿起微笑，「反正只要你在我身邊，就能開創各式各樣的可能。」

「這樣好嗎？」

「什麼？是指你藏著一個很大很大的秘密這件事嗎？我沒辦法允諾會百分之百接受，所以先問一下，你是已婚身分嗎？」

他搖頭。

「那、你是通緝犯嗎？」

他又搖了一次頭。

「那就沒有太大問題了。」我重重的拍了他的肩，「反正走一步算一步，人生啊，規劃再多也不一定會順著心意走，那就不要思考太多了。」

兩杯冒著熱氣的咖啡被送了過來。

抬起頭，不知為何竟然是平時不會踏出吧檯的楊修磊，我蹙起眉瞇起眼拋出質疑的視線，沒想到他居然勾起漂亮的微笑。

我好不安。

「討厭面癱大妖怪的人還交了個面癱男友，真是自作孽呢。」

什麼？

「你就為了說這個嗎？」

「對妳，是。」楊修磊擺明就是挑釁，但他旋即轉向孟晨，簡直視我如無物，「跟我沒有關係，但這個世界上最讓人感激的，就是自己愛著的人同時也愛著自己，無論你認為自己有多麼悲慘，不過你所擁有的，已經比大多數的人多很多了。」

「磊哥哥……」

「下次妳再這樣喊我，我會把妳扔出去。」

「你知道面癱大妖怪跟面癱男友差別在哪嗎？」我挑釁的挑起眉，「一個是大妖怪，一個是男友，當然不一樣。」

楊修磊不理我。

斷然的轉身走回吧檯，朝著他的背影我扮了個很醜的鬼臉，沒想到一回過身卻迎上孟晨淺淺的笑容。

「我一直認為自己一個人面對這個世界就好，所以從很久以前就沒有拿出過真心，但遲了那麼久我才明白，我一個人，是沒辦法獨自面對這個世界的。」

「世界超可怕的，不過沒關係，我會保護你，我連蟑螂都不怕呢。」

「米娜。」

「嗯。」

「我很喜歡妳，我不是很清楚愛是什麼，但對妳，是真的。」

「因為我不怕蟑螂所以喜歡我嗎？」我皺了皺鼻子，「好吧，這也是可以啦，不過我連蚱蜢、蟋蟀和很多蟲都不怕喔，這樣會喜歡我多一點嗎？」

孟晨又笑了。

我愉快的看著他，他的笑容非常簡單，「可是我怕蜈蚣耶，會因為這樣又把喜歡減少一點嗎？」

他搖了搖頭。

「不會，因為蜈蚣真的太可怕了。」

「你也這樣覺得吧。」我鼓起勇氣握住他的手，「孟晨，你說我很單純，但其實我應該比你想像的精明很多，也知道現實非常複雜又混亂，不過呢，再怎麼混亂都沒有異世界混亂，雖然我們沒有聖物，但《哈利波特》第一集就告訴我們了啊，就算佛地魔再怎麼強，還是會被愛擊敗，而且，魔王的存在，就是為了被滅掉啊。」

「妳真的，有點奇怪呢。」

「我聽不出來這裡的『奇怪』是稱讚還是貶抑……」

孟晨沒有回答。

不過其實我也不是很想得到答案。

「我跟一開始妳以為的那個孟晨不一樣，妳會感到失望嗎？」

「嗯，好像有一點，但說不定喜歡就是這樣，因為你不符合我的想像而感覺失望，不過即使失望，卻還是喜歡。」

「妳果然很奇怪。」

孟晨的笑在我心底泛起好大好大的漣漪。

然而，一份愛的存在，或許、單純就是為了讓一個人得到如此的微笑吧。

14 日記。交往一周年

我終於成功誘拐孟晨搬過來了。

他的行李非常少，簡單的幾件衣服，幾本書，其他塞不滿一箱的雜物，但他從某個紙袋裡抽出一張照片給我看，用很安靜的語調，告訴我那是他的媽媽。

這些日子以來，孟晨用相當零散而破碎的方式一點一點坦露他的秘密，這對他不是很容易的事，每擠出一個字，都像是從身體裡剝下一塊肉，很血腥的形容法，但似乎真的就是這樣；我問過主編，他告訴我，要把自己壞的部分攤開很難，尤其是攤在自己所愛的人眼前，因為人都想讓愛的人崇拜、覺得自己很美好，所以我每次都很認真的感謝孟晨，也很小心的抱抱他、拍拍他的背。

逐漸拼湊起來整個脈絡後，我躲在房間哭了一整個下午，也慶幸當初孟晨什麼也沒說就拚命想把我推開的時候自己沒有賭氣說「天知道你在鬼打牆什麼，明明兩個人就沒有問題硬要演什麼瓊瑤劇碼」，可是，每個人心中確實都有一個瓊瑤，內心糾結得死緊卻開不了口讓對方明白。

幸好我有聽安妮的話，要先讓人卸下心防才能得到情報。

我猶豫了好久好久才決定寫進日記，當然我絕對不是抱持著「哪天要設法讓孟晨偷看到這一頁」的邪惡念頭，不過人總要做點預備，所以孟晨，如果你真的不小心看到了，沒關係你可以繼續往下看，我說明白一點，不必考慮道德問題，日記的存在就是準備被哪個人偷看的。

總之，我很心疼孟晨，但這裡頭沒有一絲一毫的同情，也沒有任何一點覺得看不起他的成分，如果有的話，我明天立刻長兩條魚尾紋。

即使下定決心要據實寫進日記我還是用一堆廢話在拖延，但每回想一次，我的心就痛三次，很不划算，但孟晨卻一直沉浸在痛苦裡頭，想到這點，我就好想衝到他媽媽面前把安妮拋向她。

好吧，我真的要寫了。

孟晨對我說，他很小的時候爸媽就分開了，自他有記憶以來，媽媽就一直將他當作讓爸爸回家的工具，工具，他確實是用這個詞，講這一段的時候我灌了孟晨兩瓶啤酒又塞了三顆白蘭地巧克力進他嘴裡，他很痛苦的鎖緊眉頭，說著，他和他媽媽的對話永遠都只有一個，叫你爸回來看你，除此之外，他就什麼也不是了。

發現孟晨不太能喝酒以後，我就搬了很多酒回家，他好像已經察覺我的意圖，但還是乖乖喝下去，有時候他會哭，我不能說我一邊心疼一邊覺得好可愛又一邊好想染指他，但我有忍耐，雖然偷偷上下其手但我真的拚命忍住了。

某天孟晨的手機又響了，我發現是特別的鈴聲，我用不同人的號碼做了三次實驗，然後確定是他媽媽打來的電話。孟晨照例說他不會去，可是一樣是去了，最後又很難過很難過的回來。他說，是應酬，而他是媽媽用來應酬的工具。

工具。孟晨一直用這個詞，所以我下定決心以後的文章裡絕對不會出現工具人的角色。

他告訴我，他懂事之後，他爸爸似乎就用這點當作不回來探視的理由，接著和別人再婚了，他媽媽好像不能接受這件事，拚命找理由解釋，最後歸結成「你爸爸娶有錢人的女兒都是為了事業」，於是他媽媽便發狂的開始拚事業，一開始只是冷落他，順便弄壞自己的身體而已，但某次客戶大嬸碰巧見到很可愛很可愛的孟晨，就三番兩次買禮物給他，似乎因為自己的小孩被送出國，所以就產生了彌補心理。

一切好像就是從這樣亂掉的。

那個大嬸讓他媽媽的工作有了很大的進展，大概也升了官，於是就一次兩次，他被帶去各式各樣的應酬場合，但當可愛小男孩長成可愛的大男孩之後就更複雜了，大人的世界很髒亂，孟晨這樣說，他逐漸成為陪吃飯陪喝酒的工具，甚至當那些老女人趁著酒意對他上下其手時，他媽媽卻無動於衷，連撇開眼假裝沒看見的動作都沒有。

接著事情好像越來越糟，一個兩個大嬸暗示他進一步的發展，卻礙於和他媽媽的交情也不敢造次，但受傷很久的孟晨卻突然很想知道，他媽媽究竟有沒有在意過他，所以孟晨答應了其中一個大嬸，並且回頭殘忍的告訴他媽媽，可是他媽媽假裝沒聽見，依舊要求他出入一個個應酬場所。

我想，孟晨大概很愛又很恨他媽媽，所以逃不開，也抗拒不了他媽媽的要求，孟晨沒有說，可是我自己有偷偷發現，除了應酬以外的場合，孟晨的媽媽根本不會見他。

我真的好想把安妮扔到他媽媽面前。

孟晨一個人面對了很長很長的黑暗，不知道從什麼時候開始，他學會用燦爛的笑容掩蓋一切，彷彿只要假裝自己很好，這世界就真的會變好；但沒有，除了他身旁圍上許多對他有貪圖的人以外，他什麼也沒得到。

可是我覺得這是他的偏頗，當中總會有一個兩個是真心的啊，我很認真這樣跟他說，也實行了「約孟晨朋友出來吃吃喝喝」的計畫，雖然代價是我稍微變胖了點，但他也有了幾個偶爾會一起出門玩耍的對象。當然，都是男的。這也是計畫的一環。

不過超出我預料的大概是孟晨居然和楊修磊感情變好這件事，真不知道面癱大妖怪跟面癱男友獨處會是多麼無聲勝有聲（這段話你看到後可以轉述給面癱大妖怪知道沒關係。請務必轉述）。

但我有誇獎孟晨，他為了讓自己變好而定期去找醫生玩耍（當初我說的障礙真的就是心理障礙，不要聯想太多，我真的沒有誤會，真的沒有），我也見了那位醫生大叔，他告訴我，孟晨有很大的進展，很快他就要少一個客戶了。

我沒有邀功的意思，但確實我幫了很大的忙，我很認真的告訴孟晨，他媽媽大概是生病了，然後讓他也被感染，雖然這樣看來好像下一個會輪到我，可是，我們可以先把他的病治好，接著再設法治好他媽媽；我們都明白現實沒有那麼明快輕鬆，但人最重要的，是有了一個想望，那麼人就能抬起腳步繼續往前走了。

最後這部分孟晨不知道。

我偷偷去見了他媽媽。

有點無恥的以孟晨女朋友的身分見面，他媽媽冷冰冰的，我也沒有什麼話好說，只是自作主張的告訴她，孟晨不喜歡去應酬，如果可能的話可以在稍微安靜正常人又少一點的地方吃個飯就好。他媽媽沒有理我，說她很忙就起身離開了，但桌上留了一張名片給我，我還在斟酌那是什麼意思，等我想到再告訴孟晨好了。

可是我又多事傳了簡訊給他媽媽，告訴她「這是我的簡訊號碼」，結果她居然回傳了「我很忙，但妳可以帶孟晨到我公司樓下的星巴克」。收到簡訊後我比較不想把安妮扔到她面前了。

寫了那麼多我手好痠。

昨天是孟晨搬過來的第一天，但今天早上送他上班之後我又大哭了一場，絕對不是因為我又被拒絕了一次，反正我的失敗次數已經多到讓我開始相信「拐到就是賺到」，而是因為孟晨溫柔的抱著我，以沉沉的嗓音說，「我很髒，所以怕弄髒妳。」

我的眼淚又冒出來了。

孟晨才不髒，他天天都有洗澡，偶爾不洗澡的我才比較髒，可是孟晨還是放縱我在床上滾來滾去，在他身上蹭來蹭去，所以我決定天天都要乖乖洗澡，要跟乾淨的孟晨一樣乾淨。

我把日記攤開放在桌上先去睡覺了，你明天起床讀完之後幫我收回抽屜，不然我就一直擺在桌上等到你讀完為止。

我很愛你。

比愛 BL 更愛。

我拉著孟晨的手走進大賣場。

熟門熟路的往右側第三條走道深處走去，他毫無掙扎的跟著我走，就算我要賣掉他，說不定他也會傻傻的聽話。

不相信人就連整個世界都不相信，可一旦把心掏給人了，就什麼也不懷疑了。

我跟孟晨，好像有點像。

雖然安妮很殘忍的對我說，像我跟孟晨這種類型，就是會對天天上門的業務員產生感情而買下一整套完全用不到的百科全書的案例。

「到了。」

「要買什麼嗎？」

「這個。」我蹲下身，招了招手讓他也一起蹲下，「我研究過了，還是天然的比較好，網路評價這款無患子香皂洗淨力超強，不管身上有多少髒汙都能被洗掉。」

「米娜……」

我轉頭誠摯的望向孟晨的幽深的黑眸。

「就算你覺得自己有點髒髒的，那也沒關係，洗掉就好了，家裡的沐浴乳好像有點弱，所以買這款試試看吧，再不行的話，換別種就好了。」

單純過頭了吧。

這種孩子氣的方式一點用處也沒有吧。

但我還是想讓孟晨明白，人生是能夠有所轉圜的，我的能力很有限，但我能做的，我都會設法做到；握住他的手，我咧開大大的笑容，轉頭乾脆的拿了三塊香皂。

「孟晨，讓你覺得有點髒髒的應該不是身體，而是你的心和感情，這比較難，我想無患子的洗淨力還不到那麼厲害，可是我會用我的愛，慢慢的，一點一點的幫你洗乾淨。」

「嗯。」

「可是我太匆忙忘記帶錢包了耶。」

「我有帶。」

孟晨唇邊漾開淺淺的弧度，拍了拍我的頭，我左右張望了一下，確認沒人後像吉娃娃一樣撲到他身上，但計算失準，讓孟晨失去平衡，結果兩個人便以非常尷尬的姿態倒在地上。

人生沒有那麼簡單。

尷尬的瞬間就會出現讓人更加尷尬的路人甲。

我悶哼了聲，很不夠義氣的將頭埋進孟晨胸前，他環抱著我的腰突然笑了出來，爽快的震動清晰的傳遞給我，我抬起頭，迎上他久違的粲笑。

「你在笑什麼？」

「沒事，只是覺得鬆了很大一口氣。」

「這種姿態，加上逃跑的路人甲，這種情境會讓你產生鬆一口氣的感受？我不懂，孟晨，怎麼辦我好不懂你。」

「這些日子我一直很怕，知道我的過去越來越多的妳，會不會在哪個瞬間承受不住決定鬆開我的手，但妳沒有，反而把我的手握得更緊；但我一方面感到安心，另一方面又害怕這種幸福是不是真的屬於我。」

「真的，當然是真的，先不要管幸福了，我啊，我是屬於你的，不過你也是我的，這樣才公平。」我扯著他的上衣，「來，說一次，你是我的。」

「妳是我的。」

「不對，你要說『我是妳的』。」

「嗯。」孟晨露出略帶淘氣的微笑，碰了碰我鼓起的臉頰，「我是妳的，就連放在冰箱裡我的布丁、我的巧克力還有我的冰淇淋，也都是妳的。」

「真的？」

「嗯，真的。」

「孟晨對我最好了。」

我感動的貼靠在他的胸口，聽著他規律平穩的心跳，沒有轟轟烈烈，儘管孟晨的遭遇也不是普通人能碰上的，但故事看多了、寫久了，偶爾也會期待有個帥氣外星人或者鳳眼九尾狐出現；然而阿海對我說，一份溫柔熱燙的愛絕對不是日常，並且會讓所有的日常都染上特別的顏色。

「米娜。」

「怎麼了嗎？」

「店員來了。」

「所以呢？」

遲了好幾秒我才意識到我和孟晨兩個人依舊以曖昧的姿態躺在地板上，但太過慌亂想起身的結果卻導致更糟糕的女上男下，我跨坐在孟晨身上，迎上魁梧店員微妙的表情，那種混著苦惱、麻煩又嫉妒的眼神筆直射向我。

「不好意思，請問，發生什麼事了嗎？」

「沒、沒事。」我劇烈的揮動雙手，「我只是不小心跌倒了，因為地板實在太、太、太乾淨了。」

「客人沒有受傷吧？」

「放心，沒事。」我飛快的站起身，扭了扭雙手雙腳，十足的欲蓋彌彰，「一點事也沒有。」

「那就好。」

店員用著非常客氣的姿態忿忿然的轉身，我無奈的嘆了口氣，瞄了眼擺出一臉無辜貌的可愛男孩，這種臉、這種表情，這種惹人疼惜的姿態，簡直就是宣告「都是姊姊……」，還開放自由填空，實在太沒天理了。

「收起你無辜的表情，回到面癱狀態。」

孟晨捧起我的臉，微微嘟起嘴，擺出可愛過頭的誘人粲笑，我的心跳得好快，喉嚨乾渴異常，明明剛才覺得他的手是暖的，現在卻透著涼。

「米娜改變了我的世界，也改變了我很多想法。」

「嗯……？」

「我以為，這種可愛的長相、這種勾引人的笑是對我的懲罰，但看見妳被蠱惑的表情，我開始覺得，這是老天給我的禮物。」

「什麼？」

「妳一個字都聽不進去吧？」

我愣愣的點頭。又傻傻的搖頭。蹙起眉，很努力的想組合他的話意，但在我理解之前，孟晨熱燙的唇就貼了上來。

好燙。

「客人！」

一聲冷冷的喝斥讓我頓時清醒，方才那位魁梧店員再度走近，這次帶著強烈的驅逐意味，我猛然抓住孟晨的手，在店員抵達之前我轉身拔腿就跑。

「你不要一臉被我拐走的樣子。」

我邊跑邊嘆氣。

「一臉被拐走但很開心也沒有比較好……我不想當誘拐男孩的變態啦……」

「那、交換位置吧。」

孟晨加快了腳步，不知不覺變成他拉著我走跑，其實魁梧店員根本沒有追上來，但我們還是衝出了大賣場，踏出的瞬間湛藍的天空躍入視線，也許，人就是這樣跑著跑著就能看見天空吧。

嗯，我一定要說服主編讓我出一本語錄。

後記

之一

想寫個明快的故事，但果然這對我而言是個艱鉅的挑戰。
不過有了個樂觀開朗的米娜，或許能讓不那麼輕鬆的現實顯得乾脆一些。

之二

偶爾我們想得到愛，卻又不想拿出手中的愛，於是愛變得極為輕巧，彷彿一抹喟嘆；然而又有另一種偶爾，當我們掏出了所有的愛，但得不到想要的那一份愛，於是愛又變得極為沉重，像一塊沉甸甸的石頭不斷往心裡頭墜。

米娜和孟晨的關係有兩個重大的開始：輕的。重的。

他們都想得到愛，卻也都不願意付出真正的愛，於是他們牽起了彼此的手，卻在那恍惚一般的擁抱裡頭萌生了對「真正的愛」的渴望，因而兩個人之間的輕巧開始被動搖，但在「結束」之前彼此又踩入了另一段開始。

也許，兩個人的關係就是不斷的開始與結束，有些時候我們會在某個結束之後鬆開對方的手，也有些時候反而更堅定的擁抱住對方；愛是一種動態，分分秒秒都在改變，所以人必須更仔細的凝望對方，同時注視自己。

米娜很坦率的面對自己，但大多數的人沒有那麼勇敢，我也一樣，所以、我希望某部分的自己能稍微往米娜靠近一些。

之三

孟晨的人生我寫得很輕巧，但所謂的人生這種事是不可能輕巧的，所以我盼望，無論你走過怎麼樣的路途，也還是要記得告訴自己，這世界上始終有一份愛是屬於你的。

Sophia

陪在你身邊

Stay with Love

Sophia
作品集 06

國家圖書館出版品預行編目資料
陪在你身邊／Sophia 著 .
一初版. 一臺北市：春天出版國際, 2016.03
面；公分. 一（Sophia作品集；06）
ISBN 978-986-5607-17-3（平裝）
857.7　　105001442

ISBN 978-986-5607-17-3
Printed in Taiwan

作者　Sophia
封面設計　克里斯
內頁編排　三石設計
總編輯　莊宜勳
企劃主編　鍾靈

出版者　春天出版國際文化有限公司
地址　台北市信義區信義路四段458號3樓
電話　02-7718-0898
傳真　02-7718-2388
E－mail　frank.spring@msa.hinet.net
網址　http://www.bookspring.com.tw
部落格　http://blog.pixnet.net/bookspring
郵政帳號　19705538
戶名　春天出版國際文化有限公司
法律顧問　蕭顯忠律師事務所
出版日期　二〇一六年三月初版
定價　180元

總經銷　楨德圖書事業有限公司
地址　新北市新店區寶興路45巷6弄6號5樓
電話　02-8919-3186
傳真　02-8914-5524

Sophia
作品集
06

Sophia
作品集
06